이 멋진 세계에 축복을!
16
탈주 여신,
고홈!

이 멋진 세계에 축복을! 16

CONTENTS

탈주 여신 고홈!

에에엥~! 카

세실리
조마 씨~!"

탈주 여신, 고홈!

이 멋진 세계에 축복을! 16

아카츠키 나츠메 지음
미시마 쿠로네 일러스트
이승원 옮김

Character
아쿠아
직업 아크 프리스트
그 누구도 제어할 수 없는 물의 여신. 특기는 연회용 장기자랑.
카즈마
직업 모험가
백수 기질이 있는 주인공. 행
수치 하나만 비정상으로 높
다크니스
직업 크루세이더
방어 전문 마조히스트 여기사. 실은 귀족 가문 아가씨.
메구
직업 아크 위저드
홍마족 제일의 천재. 폭렬마
이외에는 전혀 흥미가 없다.
촘스케
젤 킹
바닐
연령 미상의 대악마. 위즈의 가게에서 일하고 있다.
위즈
액셀 마을에서 매직아이템 가게를 운영하고 있는 점주. 평화주의자지만 리치.

제1장 이 가출 여신의 탐색을!

1

나이도 먹을 만큼 먹은 자칭 여신이 가출했다.

무슨 어처구니없는 소리를 하는 거냐고 생각할지도 모르겠지만 사실이니 어쩔 수 없다.

아쿠아가 편지를 남겨놓고 저택을 뛰쳐나갔다.

그리고, 남겨진 우리는—.

“자, 모험가 여러분께 이렇게 모여 달라고 부탁드린 이유는 다름이 아니라, 마왕군이 이 마을을 습격할 거라는 소문에 관해 이야기하기 위해서입니다.”

아쿠아를 쫓아가는 게 아니라 모험가 길드로 향했다.

타이밍이 나쁘게도 길드 측에서 모험가를 소집한 것이다.

마음 같아서는 그런 건 무시하고 아쿠아를 쫓아가고 싶지만 이 마을의 방위에 관해서는 좀 신경이 쓰였다.

길드 테이블이 원을 그리듯 배치되고 마을의 모험가들이

서로의 얼굴을 볼 수 있도록 자리에 앉았다.

모험가들을 소집한 이유는 마로 마왕군 수하의 액셀 습격 계획에 대책을 세우기 위해서인 것 같았다.

체포된 세레나를 심문한 결과, 지휘관인 그녀가 잡힌 후에도 이 마을을 습격한다는 계획은 계속 추진된다고 한다.

상황이 좋지 않아서 다들 인상을 찡그리고 있는 가운데, 한 여성 마법사가 손을 들고 입을 열었다.

"그런데 언제 습격을 하는지 알고 있나요? 규모는 어느 정도인지도요. 쳐들어온다는 걸 미리 알았으니까, 왕도의 기사단에 구원 요청을 하면……."

다른 모험가도 그 말을 듣고 고개를 끄덕였다. 하지만 이 자리의 사회자 역할을 맡고 있는 길드 접수처 직원, 이름이 루나였던 걸로 기억하는 누님이 고개를 저었다.

"얼마 전에 체포한 간부의 이야기에 따르면, 당초에는 액셀 내부에서 도와줄 예정인지라 소수 부대를 통한 습격이 추진되었다고 해요. 하지만 지휘관이 잡혔으니 그 지휘관을 구출하려고 하겠죠. 그러니까 적의 규모 또한 커질 거예요."

하긴, 마왕군의 간부니까 말이다. 살아 있다면 구출하려고 할 것이다.

"정확한 숫자는 알 수 없지만, 풋내기 모험가뿐인 액셀의 병력으로 막는 건 힘들 거라고 예상돼요. 그리고 왕도 측에 구원 요청을 하는 것 말인데……. 실은 이곳을 습격하는 것과 동시에, 마왕군 주력이 왕도를 습격할 계획인지라……."

루나는 금방이라도 울음을 터뜨릴 듯한 표정으로 한숨을 내쉬며 말을 이었다.

"솔직하게 말씀드리자면, 지원군은 기대하지 말아주세요. 이 나라의 중추가 함락되면 돌이킬 수 없으니까요. 각 마을의 길드에도 습격 계획이 전달되었고, 실력이 좋은 모험가와 병사들은 현재 속속 왕도로 향하고 있어요. 그러니 이 마을은 저희가 지킬 수밖에 없어요……."

루나는 그렇게 말한 후 표정이 어두워진 모험가들을 둘러보았다.

즉, 디스트로이어 때 이후로 또 마을이 위기에 처한 것이다.

상황을 파악한 모험가들이 의견을 내놓기 시작했다.

마을의 문을 완전히 봉쇄하고 농성을 하자, 마을 주위에 함정을 마구 깔자, 주민들에게도 무기를 나눠줘서 임시 자경단으로…… 등등.

어느 의견이든 효과가 있을지도 모른다 정도의 수준이고 마을을 지키는 데 있어 결정타 역할을 할 의견은 얼마 안 되었다.

하지만 모험가들은 기동요새 디스트로이어 때처럼 비장감이나 절망감에 사로잡혀 있지 않았다.

단순히 병력면에서 차이가 날 뿐, 상대는 무기가 통하는 마왕군 수하인 것이다.

저레벨 모험가이기는 해도 이 자리에 있는 이들 전원이 힘을 합치면 어떻게든 될 것이다.

길드 안에서는 그런 긍정적인 의견이 오가고 있었다.

…………어떻게 한다.

내가 이곳에 온 것은 아쿠아를 찾는 걸 도와줄 사람을 구하기 위해서이기도 한데…….

하지만 아쿠아는 마왕군이 왕도를 습격하느라 마왕성 안이 텅텅 비는 지금이 기회라고 말했다.

그러니 이대로 시간이 흐르면 그 무모한 여신은 마왕성으로 쳐들어갈지도 모른다.

게다가 레벨 1인 내가 마을에 남아봤자 할 수 있는 일도 딱히 없었다.

하지만 다 같이 일치단결하여 마을을 지키자는 분위기 속에서, 우리만 가출한 동료를 쫓아갈게요 같은 소리를 하는 것도 좀 그랬다.

왠지 우리만 비겁하게 도망치는 것 같잖아…….

"사토. ……사토 카즈마. 아쿠아 님의 모습이 보이지 않는데, 어떻게 된 거지?"

내가 팔짱을 끼고 고민하고 있을 때 누군가가 나에게 말을 걸었다.

"……응? ……뭐야, 야마자키잖아."

"미츠루기다! 이제 그만 내 이름을 외워! 한 글자도 맞추지 못했잖아! 어, 어이, 실은 일부러 이러는 거지? ……뭐, 좋아. 그것보다 아쿠아 님은 어디 계시지? 오늘은 같이 안 온 거야?"

그 사람은 여자 두 명을 들러리 삼아 항상 데리고 다니는 마검사 소드 마스터, 미츠루기였다.

"아쿠아는 쪽지를 남겨두고 가출했어. 그런데 너는 왜 여기 있는 거야? 네가 왕도에서 활약하고 있다는 글을 신문에서 이따금 봤다고. 왕도가 위기에 처했으니 빨리 가봐야 하는 거 아냐?"

내가 미츠루기에게 그렇게 묻자—.

"액셀 마을이 위기에 처했다는 말을 듣고 도우러 왔어. 이곳은 아쿠아 님께서 거점으로 삼고 계신 마을이니까 말이지. ……그런데, 가출? 드디어 아쿠아 님께서 너한테 정나미가 떨어지신 거구나? 그런데 아쿠아 님은 지금 어디에 계시지?"

미츠루기는 아쿠아가 가출했다는 말에 관심을 보였다.

"아쿠아가 어디를 싸돌아다니는지 나도 알고 싶다고. 그 녀석, 마왕을 퇴치하겠다는 쪽지를 남겨놓고 한밤중에 가출한 것 같거든. 심야 마차 마지막 편을 탔다면, 지금쯤 아르칸레티아겠지. 마왕군 간부가 줄었으니 지금이라면 마왕성의 결계를 깰 수 있댔어."

"마왕 퇴치?!"

미츠루기의 목소리가 길드에 울려 퍼졌다.

그 큰 목소리와 내용 때문에 주위에 정적이 감돌았다.

그런 와중에 미츠루기가 내 멱살을 움켜잡았다.

“마왕 퇴치? 아쿠아 님께서 홀로 마왕을 퇴치하러 가신 거야?! 그런데 너는 이런데서 뭘 하고 있는 거냐고!”

“뭘 하긴 뭘 해! 아쿠아가 사라졌다는 걸 눈치챈지 얼마 안 된 데다, 그 후에 바로 소집 지시가 떨어졌다고! 그래서 여기서 이러고 있는 거야!”

길드 안의 모험가들은 나와 미츠루기의 말을 듣더니—.

“아쿠아 씨가 혼자서 여행을 떠나?! 어이, 무모하잖아.”

“그 사람이 혼자서 여행을 한다는 건 무모하기 그지없다고! 게다가 심야 마차를 탔다간, 언데드들이 떼를 지어 몰려올 거야!”

“게다가 아쿠아 씨는 생활력 없기로 유명해. 그 사람은 이 마을에 오래 살았는데도 이따금 미아가 되잖아? 그런 사람이 마왕성까지 가는 건 무리야!”

마치 벌집이라도 건드린 것처럼 시끌벅적했다.

그리고 아쿠아의 평판 또한 정말 끝내줬다.

“진정하세요! 여러분, 제발 진정하세요! ……혹시 이 자리에 오늘 아쿠아 씨를 본 분은 안 계신가요?”

루나가 큰 목소리로 그렇게 말하자 길드 안에 정적이 감돌았다.

이윽고 곳곳에서 아쿠아의 목격 정보가 들려왔지만 유력

한 단서는 되지 않았다.

아무래도 아쿠아는 내가 모르는 사이에 많은 사람들과 친분을 쌓은 것 같았다.

나조차도 거의 이야기를 나눈 적이 없는 모험가가 아쿠아를 걱정했다.

……그 녀석, 의외로 인망이 있는걸.

이렇게 많은 이들과 친분을 다졌으니 세레나의 꼭두각시가 되어 자신을 매몰차게 대하는 모험가들을 보고 충격을 받는 것도 무리는 아니리라.

……이렇게 많은 이들에게 폐를 끼쳤으니 아쿠아를 발견하면 엉엉 울 때까지 설교를 해줘야겠다.

그러기 위해서라도 우선……!

"이, 이럴 때가 아냐! 나는 아쿠아 님을 쫓겠어! 사토 카즈마, 너는 어쩔 거지?! 당연히 아쿠아 님을 쫓아갈 거지? 나와 같이 가겠어?"

미츠루기가 먼저 그렇게 말했다.

"그, 그건 곤란해요! 미츠루기 씨 같은 고레벨 모험가 분께는 왕도 혹은 이 마을을 지켜주셨으면 합니다……! 아쿠아 씨의 수색은 각 마을의 길드에 서둘러 요청해두겠어요……!"

루나는 미츠루기의 말을 듣자마자 허둥지둥 그렇게 말했다.

……바로 그때였다.

"어이, 그냥 보내줘!"

대낮부터 거나하게 취한 금발 양아치가 갑자기 고함을 질렀다.

눈매가 사나운 그 양아치는 의자에 걸터앉더니 두 다리를 쭉 뻗었다.

"이 마을 정도는 이 자리에 있는 녀석들만으로도 충분히 지킬 수 있어. 어이, 누님! 너는 모르겠지만 여기에는 고레벨 모험가가 잔뜩 있다고. 여자를 둘이나 끼고 다니는 하렘 자식보다는 우리를 믿어!"

그리고 그 양아치는 멋있는 건지 꼴사나운 건지 분간이 안 되는 소리를 늘어놓았다.

그 양아치, 더스트의 뒤편에는 우물쭈물하면서 더는 폭언을 늘어놓지 못하게 막을까 말까 고민하고 있는 융융이 있었다.

그리고 그런 더스트와 같은 파티인 키스 일행은 재미있다는 눈으로 그를 지켜보고 있었다.

융융에게도 드디어 길드 안에서 함께 노닥거릴 친구가 생긴 것은 반길 일이지만, 친구는 골라서 사귀는 편이 좋을 거란 생각이 들었다.

그것보다, 고레벨 모험가가 잔뜩 있다고?

"하, 하지만……! 이 마을에는 레벨이 20 이상 되는 모험가 분이 얼마 안 계시지 않나요? 레벨 10 이상 20 미만인 분이 대부분일 거라고 생각해요. 레벨이 20을 넘으면 이 마을을 떠나서 더 짭짤한 몬스터가 서식하는 지역으로 거점을 옮기는 게 관습이니까요. 그러니까 이 마을에 레벨이 20 이상 되는 분은 손으로 꼽을 정도라고 생각하는데요……."

내가 고개를 갸웃거리고 있을 때 루나가 난처한 표정을 짓고 설명했다.

흐음, 레벨이 20을 넘기면 보통은 거점을 옮기는구나.

우리는 이 마을에 집이 있어서 그럴 생각은 안 했지만…….

매번 조무래기 상대로도 고전하느라 딱히 개의치 않았으나 우리는 의외로 고레벨 파티였는걸…….

가장 레벨이 높은 메구밍을 필두로, 레벨 1이 된 나를 제외한 동료들의 평균 레벨은 약 30 정도 된다.

평범한 모험가의 레벨업 속도가 어떤지는 모르지만 이 1년 동안 강적들과 싸워온 우리의 성장 속도는 분명 빠른 편일 거라고 생각한다.

바로 그때였다.

한 남성 모험가가 자리에서 일어서더니 불쑥 이렇게 말했다.

"나는 레벨 32야."

"……예?"

루나는 그 남자의 말을 듣고 경악했다.

그 뒤를 이어 다른 남자가 자리에서 일어났다.

"저기……. 저는 레벨 38이에요……."

"어?"

그 두 남자의 뒤를 따르듯, 길드 안에 있는 모험가들이 차례차례 자리에서 일어나 자신의 레벨을 밝혔다.

자리에서 일어난 이는 하나같이 레벨이 30 이상인 자들이었다.

그 중에는 레벨이 40 이상 되는 자도 있었다.

반신반의하던 루나는 모험가들의 카드를 하나하나 확인했고—.

"……여, 여러분은 왜 레벨이 이렇게 높은데 이 마을에 계신 거죠?! 이 마을 주변의 몬스터 상대로는 레벨업 효율도 나쁠 텐데요?"

곧 경악과 당혹이 뒤섞인 목소리로 그렇게 말했다.

그러자 한 모험가가 멋쩍은 듯이 머리를 긁적였다.

"그야 이 마을을 좋아하기 때문이지."

그리고, 가슴이 뜨거워지게 만드는 멋들어진 말을………….

……나는 눈치채고 말았다.

그들이 이 마을에 남은 이유를 말이다.

"여, 여러분! ……이 마을을 꼭 지켜내죠! 할 수 있어요! 할 수 있다고요! 실력이 뛰어난 모험가가 이만큼이나 있으면, 분명 이 마을을 지켜낼 수 있어요! 힘내죠! 여러분, 힘을 합쳐서 이 마을을……!"

루나와 길드 직원들이 감격한 것처럼 울먹이며 그런 말을 늘어놓는 가운데…….

나는 자리에서 일어난 고레벨 모험가들이 전부 남자라는 사실을 눈치챘다.

그리고 그들의 얼굴이 하나같이 낯익었다.

…………모두 서큐버스 가게의 단골이잖아요.

2

길드 안의 분위기가 뜨겁게 달아오른 가운데, 미츠루기는 다른 모험가들이 안중에도 없다는 듯이 테이블에 지도를 펼쳤다.

"여기야. 여기가 마왕성이지."

미츠루기가 그렇게 말하며 손가락으로 가리킨 곳은 지도의 북서쪽에 위치한 검은색 성 마크가 그려진 장소였다.

그리고 마왕성에서 남쪽으로 한참 떨어진 곳에는 왕도를 가리키는 성 마크가 있었다.

"보다시피, 마왕성에 갈 거면 왕도로 텔레포트한 후에 걸어서 가는 게 가장 빨라. 왕도와 마왕성의 경계선인 국경 부근에는 일전에 사토가 갔던 요새를 비롯해 요새화된 조그마한 마을이 잔뜩 있어. 거기서 식량을 보급할 수도 있을 거야."

미츠루기는 우리에게 설명을 하면서 마왕성으로 이어지는 루트를 손가락으로 훑었다.

그러자 내 옆에 앉아있던 메구밍이 입을 열었다.

"……다른 사람도 아니고 아쿠아가 그런 정석적인 루트로 갈까요? 분명 괜히 복잡하게 생각하거나 묘한 일을 벌일 텐데……. 아마 쓸데없는 짓을 벌여서 곧장 마왕성으로 향하지는 못할 거라고 생각하는데요. 어쩌면 출발 준비에 시간이 걸려서 아직 액셀 마을에 있을지도 몰라요."

아쿠아의 행동패턴을 정확히 파악하고 있는 메구밍이 그렇게 말하자 다크니스도 고개를 끄덕였다.

물론 나도 그렇게 생각한다.

아니, 그 녀석이라면 도중에 겁을 집어먹고 우리가 빨리 쫓아와주기를 기대하며 가능한 한 안전하면서도 멀리 돌아가는 루트를 선택할 것이다.

그리고 도중에 있는 마을에 들르면서 호기심에 휩쓸려 괜한 짓을 벌일 게 틀림없다.

지도를 잠시 동안 지켜본 후—.

"멀리 돌아가는 거지만, 아르칸레티아에서도 마왕성에 갈 수 있구나."

나는 문뜩 중얼거렸다.

물의 도시 아르칸레티아.

아쿠시즈교의 총본산이고 북동쪽에는 홍마의 마을이 있다.

그리고 아르칸레티아에서 북서 방면을 보니 길이 정비되지 않은 탓에 좁기는 해도 마왕성까지 이어지는 길이 있었다.

나는 아쿠아가 어떤 생각을 할지 예상해봤다.

가출을 한 직후에는 의기양양하게 여행을 할 것이다.

하지만 그 편지에 적힌 추신 부분을 볼 때 정신적으로 꽤 약해진 상황 같았다.

그러니 혼자 여행을 하는 것이 두려우리라.

아까 이 마을에 고레벨 모험가도 있다는 사실이 판명됐지만 기본적으로 이 마을의 모험가는 대부분 풋내기다.

아쿠아가 모험가를 고용하려 한다면 다른 마을에 가서 실력이 괜찮은 이를 고용하지 않을까?

그리고―.

"그 녀석이라면 이 마을에서 처음 동료를 모집했을 때처럼, 모집 멤버의 수준을 엄청 높게 잡을 거야……."

나와 아쿠아가 단둘이서 모험을 하던 시절, 파티 멤버 모집 요강에 상급 직업 한정이라 적었다. 그리고 그 모집에 응한 사람은 결국 메구밍 한 명 뿐이었다.

당시에는 개구리 다섯 마리를 토벌하는 퀘스트도 버거워서 멤버를 모집했었지.

"처음 만났던 시절이 생각나네요. 그때 저는 돈이 없어서 며칠이나 굶었고, 우연히 눈에 들어온 멤버 모집에……."

메구밍도 그 당시의 일이 생각난 건지 그리움이 어린 목소리로 그렇게 말했다.

"그리고 나도 개구리 점액으로 범벅이 된 아쿠아와 메구밍을 보고, 너희의 파티에 들어가기로 결심했지. 점액 범벅이 되어 엉엉 우는 아쿠아, 손가락 하나 꼼짝할 수 없는 상태로 카즈마에게 업힌 메구밍……. 그런 두 사람을 보고, 공격이 서툰 나도 너희 파티에서라면 활약할 수 있을 거라……아, 앗! 이러지 마라, 메구밍! 전부 사실이지 않느냐!"

메구밍이 다크니스의 머리카락을 잡아당기고 있을 때 나는 지도를 손가락으로 훑으며 이렇게 말했다.

"아쿠아라면 왕도가 아니라 전에 가본 적이 있는 경로로 마왕성을 향할 거라고 생각해. 승합 마차로 아르칸레티아에 간 후, 거기서 실력이 좋은 모험가를 고용하려고 하지만 조건을 너무 높여서 한 명도 고용하지 못하는 거야. 그리고 혼자 여행을 하는 건 무서워서 이러지도 저러지도 못하게 된 그 녀석은 아르칸레티아에 있는 아쿠시즈 교도들에게 매달릴걸?"

"……음. 틀림없을 거다."

"아쿠아가 그러는 모습이 눈앞에 어른거리는 것 같네요."

"자, 잠깐만 있어봐. 너희는 대체 아쿠아 님을 어떻게 생각하는 거야?"

우리는 아쿠아의 행동을 완벽하게 예측했으나 미츠루기

는 그 의견에 반박했다.

그러고 보니 이 녀석은 아쿠아가 어떤 녀석인지 아직 모르는 건가.

"여러모로 하고 싶은 말이 있겠지만, 아마 이 루트가 틀림없을 거야. 이래 봬도 우리는 그 녀석과 오랫동안 함께했거든. 아쿠아가 출발하고 시간이 꽤 흘렀지만, 그 녀석이라면 트러블 같은 것에 휘말려서 시간을 엄청 낭비하며 여행을 하고 있을 테니까 지금 쫓아가면 금방 따라잡을 수 있어."

미츠루기는 내 말을 듣고 반신반의하면서도 고개를 끄덕였다.

"……다른 사람도 아니고 네 말이니 아마 맞겠지. ……벌써 한낮인가……. 서두르면 오늘 출발하는 관광용 승합 마차에 탈 수 있을 거야. 그건 천천히 이동하지만, 거금을 주면……. 그래. 그 후에 강행군을 하면 아쿠아 님을 따라잡을 수 있겠지. 그럼……."

미츠루기는 재촉하듯 자리에서 일어났다.

루나는 그런 미츠루기를 봤지만 말리지 않았다.

상황이 상황인 만큼, 이대로 보내줄 것이다.

루나도 아쿠아가 걱정되는 건지 우리 쪽을 쳐다보며 슬며시 미소를 지은 후, 큰 목소리로 모험가들에게 말했다.

"그럼 모험가 여러분, 이제부터 조를 편성하겠어요! 이미 파티에 속한 분은 파티별로 모여주세요! 각 파티에 부대번

호 및 방위 상황에서의 역할을 배정할 테니……."
그 말을 들은 모험가들이 끼리끼리 모여서 루나 앞에 섰다.
나와 메구밍, 다크니스는 미츠루기와 그의 들러리 두 명과 함께 약간 떨어진 곳에 서 있었다.
이윽고 모험가들이 파티별로 번호를 받는 가운데—.

융융은 홀로 멀뚱멀뚱 서 있었다.

……맙소사, 저 녀석은 친구 사귀는 거나 조 짜는 걸 잘 못하는 애야.
융융은 우물쭈물하면서 주위를 둘러보더니, 곧 친분이 있는 더스트 일행의 파티에 다가갔다. 그리고 그 파티에 합류하지도, 그렇다고 아예 멀찍이 떨어져 있지도 않은 미묘한 거리에서 멀뚱멀뚱 서 있었다.

—바로 그때, 더스트가 그걸 가지고 융융을 놀리기 시작했다.

"어이, 뭐하는 거야. 여기는 네가 있을 곳이 아니라고."
더스트가 그런 심한 말을 입에 담자, 초면일 때 저 녀석과 시비가 붙었던 것이 생각난 나는 한숨을 내쉬었다.
요즘 들어 성격이 좀 원만해졌다고 생각했는데 아무래도

내 착각이었던 것 같았다.

"저, 저기……. 죄, 죄송해요…………."

융융은 고개를 연이어 숙이면서 더스트 일행에게서 떨어지려 했다.

아무리 그래도 이건 너무하잖아.

보다 못한 내가 주의를 주려던 바로 그때였다.

"어디 가는 거야? 네가 있을 곳은 저기잖아."

더스트는 고개를 푹 숙인 채 털레털레 걸음을 옮기는 융융을 잡더니 우리 쪽으로 끌고 왔다.

"…………어?"

끌려온 융융이 영문을 모르겠다는 표정으로 더스트를 올려다보자—.

"너는 이 마을에서 1, 2위를 다투는 실력자잖아? 저기 있는 밥맛 마검사 형씨와 진짜배기 홍마족인 네가 힘을 합치면, 마왕 상대로도 꽤 괜찮은 승부를 펼칠 수 있을걸? 너는 그 민폐 마왕을 찾아가서 우리 대신 한 방 먹여주고 와."

"어이, 융융이 진짜배기 홍마족이라면 나는 대체 어떤 마족인지 어디 말해보실까."

더스트의 말에 메구밍이 발끈한 가운데, 그는 여전히 머뭇거리고 있는 융융에게 말했다.

"이 녀석들만으로는 영 마음이 놓이지 않아. 아쿠아 누님을 데리고 돌아오기만 한다면 괜찮겠지만, 이 녀석들은 또 변변찮은 일에 휘말릴지도 모르거든. 엉터리 아크 위저드가 아니라, 진짜배기 아크 위저드인 네가 같이 가줘. ……그리고 너는 텔레포트를 쓸 수 있잖아? 여차하면 이 녀석들을 버려두고, 너 혼자만이라도 돌아오라고."

이 양아치, 아무렇지도 않게 무슨 소리를 늘어놓는 거야.

"어이, 엉터리 아크 위저드가 대체 누구인지 어디 말해보실까!"

메구밍이 더스트에게 따지려 한 그때—.

"알았어요. 저는 아쿠아 씨를 도우러 가겠어요! 치, 친구……를, 돕는 건 당연한 일이니까요……."

융융은 부끄러워하면서 그렇게 중얼거리더니 미소를 지었다.

이 일련의 대화를 듣고 있던 루나는 상급 마법을 쓸 수 있는 융융이 이탈하게 되어서 약간 아쉬워했지만 양아치와 시비가 붙는 게 싫은 건지 별말하지 않았다.

"홍마족은 남이 걸어온 싸움을 꼭 받아주는 종족이죠. 이 싸움, 받아주마. 자, 밖으로 따라나와라!"

메구밍이 더스트의 옷을 잡고 밖으로 끌고 가려 할 때 미츠루기는 시원시원한 미소를 짓고 융융에게 손을 내밀었다.

"아무래도 결정된 것 같네. 그럼…… 융융이라고 했지? 같이 갈까? 아크 위저드와 동행하게 되니 든든해. 아직 파티도 짜지 않은 것 같은데, 이 여행이 끝난 후에도 내 파티원으로서 함께 다니자."

“저기……. 그, 그건, 사양하겠어요.”

융융은 미츠루기가 내민 손을 머뭇머뭇 움켜잡고 가볍게 악수를 했지만 파티 영입은 거절했다.

“…………”

“괘, 괜찮아, 쿄야! 너한테는 우리가 있잖아!”

“그, 그래! 아크 위저드가 들어오면 밸런스는 좋겠지만, 저 사람은 이 마을에서도 유명한 마법사인걸……! 그, 그러니까, 어쩔 수 없어!”

미츠루기는 마음에 상처를 입은 표정을 지었고 들러리인 두 사람이 그를 위로했다.

“더스트 군~! 더스트 군~!! 미남 님께서 파티 권유에 실패했어! 여자 꼬시듯 손을 내밀었는데 대차게 차였네! 미남 님도 차일 때가 있구나!”

“후하하하하, 꼴좋다~! 외톨이로 유명한 저 녀석도 친구는 가려서 사귄다고!”

“그, 그게 아니라……! 저, 저 같은 게 들어가면 방해만 될 것 같아서……! 오, 오해하지 마세요……! 카즈마 씨, 더스트 씨, 그런 게 아니니까 그만 하세요!”

나와 더스트가 이 기회에 미츠루기를 놀려대자 융융이 허둥지둥 우리를 말렸다.

“자, 짜증 나……!! 저 두 사람, 진짜 짜증나네! 쿄야, 여자한테 인기 없어 보이는 저딴 녀석들 말은 그냥 무시해버려!”

"이 양아치야! 빨리 꺼져! 쉿쉿!"

들러리 두 사람이 인상을 쓴 가운데, 미츠루기는 겨우겨우 마음을 진정시켰다.

"그, 그럼 이제 출발할까……. 아쿠아 님을 쫓아가는 건 나, 내 동료 두 명. 그리고 사토를 비롯한 너희 넷이구나. ……나는 이 여행이 절호의 기회라고 생각해. 마왕군이 이 마을과 왕도를 공격한다면, 마왕성에는 최소한의 적만 남아있을 거야. 결계를 믿은 채 방심하고 있을 때, 아쿠아 님이 결계를 해제하고 우리가 돌입하는 거지. ……어때? 잘 풀릴 것 같지 않아?"

이 녀석, 아쿠아와 비슷한 소리를 늘어놓네.

그리고 이런 분위기 속에서 이 말을 하는 건 좀 그렇지만―.

"미안하지만, 나는 아쿠아를 쫓아갈 생각이 없어. 여기에 온 것도 고레벨 모험가에게 그 녀석을 찾아달라는 의뢰를 하러 온 거야. 왜냐하면 나는 지금 레벨 1이거든."

내가 그렇게 말하자―.

"레, 레벨 1? 어쩌다 그렇게 된 거야? 안 그래도 너는 약해빠졌는데, 그래서야……."

"어이, 안 그래도 약해빠진 나한테 몇 번이나 진 녀석이 할 소리냐!"

나도 이 녀석처럼 치트급 마검을 쓸 수 있다면 아쿠아를 쫓아갈 것이다.

하지만 현재 내 스테이터스는 일반인급, 아니, 현대 문물에 길들여져서 살아왔던 나는 일반인 이하일지도 모른다. 지금 상태로 여행을 다닐 생각은 없다.

"그것보다 사토 카즈마! 아쿠아 님과 가장 오랫동안 함께 했으면서, 이런 일을 남에게 맡길 생각이냐?! 너는 그러고도……! ……잠깐만, 방금 신경 쓰이는 소리를 했지? 내가 너한테 몇 번이나 졌다고 말하지 않았어? 내가 너한테 진 건, 마검을 빼앗겼던 그때뿐인데……."

미츠루기가 고민에 잠긴 표정으로 혼잣말을 중얼거리고 있을 때 불안한 표정을 지은 메구밍이 나에게 말했다.

"카즈마, 아쿠아를 쫓아가지 않을 건가요? 레벨이라면 여행 도중에 다소 오를 텐데요……."

"마음 같아서는 쫓아가고 싶지만, 지금 상태로는 고블린과 1대 1로 싸워도 종이 한 장 차이로 질 자신이 있거든. 고레벨인 메구밍이나 터프한 다크니스라면 모르지만 내가 가봤자 짐만 될 거야."

내가 그렇게 말하자 메구밍과 마찬가지로 불안한 표정을 짓고 있던 다크니스가 입을 열었다.

"그렇다면 내가 지켜주마. 그러니 카즈마……."

"지금은 아쿠아가 없어. 즉, 평소처럼 실수로 내가 픽 죽어버리면 되살릴 수 없는 거야. 너희와 함께한 지금까지의 모험에 내가 안심할 여지가 조금이라도 있다면 어디 한 번 말해봐."

두 사람은 고개를 휙 돌렸다.

"……나는 애니메이션이나 만화에 때때로 나오는, 정의감에 사로잡혀서 무턱대고 「가야만 해……!」라고 늘어놓으며 혼자서 멋대로 행동한 결과, 적의 인질이 되어 폐를 끼치는 히로인이 싫어. 그러니 짐이 될 바에야 실력자에게 맡기는 편이 낫다고 생각해."

지금도 그 얼간이 여신이 멋대로 행동한 바람에 다들 걱정하고 있다.

게다가 그 녀석의 목적은 마왕을 쓰러뜨리고 천계로 돌아가는 것이다.

쫓아가서 데리고 돌아온들, 문제는 해결되지 않는다.

뭔가 할 말이 있는 표정을 짓고 있던 미츠루기는 땅이 꺼져라 한숨을 내쉬고 고개를 끄덕였다.

"……그래? 알았어. 신기와 특수능력이 없는 데다 레벨이 1인 너는 평범한 고등학생이야. 그런 너한테 가혹한 여행에 참가하라고 강요할 수는 없어. 그 대신 내가 아쿠아 님을 쫓아가서, 그대로 마왕을 해치워도 괜찮은 거지?"

"쓰러뜨릴 수 있으면 얼마든지 그래도 되지만, 방금 그건 사망 플래그라는 거라고."

뭐, 그래도—.

"아까 네가 말한 것처럼, 네 파티에 아쿠아와 융융이 가세한다면 마왕하고도 충분히 붙어볼만 할 것 같아. 밸런스로는 이상적인 파티 구성이야."

나는 그런 긍정적인 말을 했고 미츠루기는 깜짝 놀란 표정을 지었다.

지금까지 싸워온 적처럼 운이나 잔꾀로 어찌할 수 있는 상대도 아니니, 마왕과의 최종결전은 진정한 치트 보유 주인공에게 양보하자고 생각했다.

아니, 오히려 지금까지 일이 너무 잘 풀린 것이다.

나는 아무런 승산도 없이 운 좋게 기적이나 일어나길 빌며 일을 벌일 만큼 무모하지 않다.

레벨 1이 되면서 완전히 무력화된 만큼, 슬슬 무모한 짓은 관두고 내 주제에 맞는 모험이나 해야겠다.

"메구밍, 다크니스. 나는 현재 아무 짝에도 도움이 안 되는 짐덩이지만, 너희는 실력이 좋으니까 미츠루기와 함께 아쿠아를 쫓아가. 나는 이곳에 남을게."

나는 몰라도 이 두 사람이라면 마왕과 싸울 때 충분히 맞설 수 있을 것이다.

그렇다면 마왕과 싸울 심산인 미츠루기를 따라가는 편이 세상을 위해서도 좋다.

하지만 메구밍은 잠시 동안 생각에 잠긴 후—.

"……아뇨. 저는 이곳에 남겠어요. 제가 얼마나 비효율적인지는 잘 알고 있으니까요. 카즈마가 지시를 내려주지 않는다면, 처음 마주친 몬스터에게 무턱대고 마법을 쓴 후에 짐짝이 될 거예요. 그냥 카즈마와 함께 이곳에서 아쿠아와 다른 사람들을 기다릴래요."

"……그럼 나도 남겠다. 크루세이더는 남을 지키는 게 소임이거든. 액셀 마을 수호가 내 적성에 맞을 거다. 게다가……."

다크니스는 할 말이 있는 표정으로 나를 힐끔힐끔 쳐다보았다.

"……왜, 왜 그래?"

"……아무것도 아니다."

뭐야. 할 말이 있으면 하라고.

다크니스만이 아니라 메구밍도 뭔가 할 말이 있는 것처럼 나를 쳐다보았다.

……이 녀석들, 왜 이러지? 확 스틸을 날려버릴까?

3

미츠루기와 융융 일행을 배웅한 후 우리는 딱히 할 일이 없기에 저택으로 돌아왔다.

"다녀왔습니다~."

문을 연 메구밍은 안에 아무도 없는데도 큰 목소리로 그렇게 말했다.

……그러자 메구밍의 목소리를 들은 춈스케가 현관으로 쪼르르 뛰어왔다.

"앗, 밖으로 내보내줄 수는 없어요! 정원에는 위험한 채소가 자라고 있으니까요. 채소를 수확할 때까지는 제 눈길이 닿는 곳에서 노세요."

춈스케가 밖에 나가서 놀고 싶어 하자 메구밍이 꼭 안아 들었다.

마음 같아서는 이 녀석들이 없는 틈에 정원에서 자라고 있는 채소를 해치우고 싶다.

한편, 저택 안으로 들어선 다크니스는 왠지 안절부절못하는 표정으로 주위를 둘러보았다.

"……응? 왜 그래?"

"아, 아무것도 아니다. 평소에는 다 같이 집으로 돌아오면, 아쿠아가 가장 먼저 다녀왔다는 말을 했던 것 같아서 말이지……."

아쿠아의 「다녀왔어~」를 못 들어서 쓸쓸해 보였다.

……항상 시끌벅적한 녀석이긴 하지만 모습이 보이지 않으니 나도 마음이 편하지 않았다.

아쿠아의 모습이 보이지 않으면 왠지 내 눈길이 닿지 않는 곳에서 그 녀석이 사고를 치고 있는 건 아닐까 하는 생각이 들어 마음이 불안했다.

"어, 카즈마한테 편지가 왔네요."

문에 달린 편지함을 살펴보던 메구밍이 그렇게 말하고 나에게 편지를 내밀었다.

문뜩 미아가 된 아쿠아가 구원 요청을 하는 편지를 보낸 걸지도 모른다는 생각이 들었으나 보낸 사람의 이름을 보자마자 나는 그대로 굳어버렸다.

"어, 내 여동생한테서 온 편지잖아!"

"아이리스 님께서 보내신 편지라고 정정해라."

아무래도 상관없는 소리를 늘어놓는 다크니스를 흘겨본 후, 나는 기쁜 마음으로 편지를 읽어보았다.

『오라버니께. 낙엽이 흩날리고, 눈의 정령들이 드문드문 모습을 드러내는 계절이 되었습니다.

갑자기 이런 편지를 보내는 것은 다름이 아니라, 이미 들으셨을 지도 모릅니다만 마왕군이 총력을 기울여 왕도를 습격할 계획이기 때문이랍니다.

그들을 이끄는 건 마왕군 최후의 간부인 마왕의 딸일 것으로 예상됩니다.

마왕의 딸은 뛰어난 지휘 능력을 지녔다고 하며, 무투파로 널리 알려진 홍마족의 마을을 습격해서 불태운 적도 있답니다.

인류와 마왕군의 이번 전투는 상당히 격렬할 테죠.

마치 편지로 작별 인사를 하는 것 같지만, 왕도에는 오라버니처럼 검은 머리카락과 검은 눈동자를 지닌 실력자 분들이 잔뜩 있으니 괜찮을 거예요.

게다가 현재 홍마족을 비롯해, 전 세계에서 내로라하는 실력자들이 왕도로 집결하고 있으니까요……!

저번에 오라버니께서 마왕군 간부, 세레나를 체포하는 과정에서 목숨을 잃으셨다고 들었어요.

오라버니의 여전한 활약상을 듣고 기뻤지만 그래도 너무 위험한 일을 하지 말아주셨으면 해요.

마왕군은 왕도뿐만 아니라 액셀 마을도 습격할 예정이라고 하니, 부디 무사하시길 진심으로 빌겠습니다.

당신이 저의 오라버니라는 걸 자랑스럽게 여길 만한, 그런 여동생이 되겠습니다.

베르제르그 스타일리시 소드 아이리스

추신. 제가 만약 마왕의 딸을 해치운다면 오라버니는 저를 칭찬해주실 건가요?』

“““““…………….”””””

우리는 편지를 끝까지 읽고 그대로 침묵에 잠겼다.

……어, 혹시 지금 꽤 위험한 상황인 거야?

그리고 보니 세레나는 인류가 질 거라고 말했었지.

그리고 내가 자기 오빠라는 걸 자랑스럽게 여긴다느니, 마왕의 딸을 해치운다느니 같은 위험한 느낌이 마구 감도는 문장도 적혀 있네.

"저기, 아이리스는 전장에 나서지 않겠지? 이럴 때는 왕족의 피를 남기기 위해, 공주님은 대피시키잖아?"

"보, 보통은 그러지. ……하지만 아이리스 님께서는 역대 왕족 중에서도 용사의 피를 진하게 이어받으신 분이다. 마왕군을 저지하는 방어선인 이 나라가 멸망한다는 건, 인류 멸망의 위기와 직결되어 있지. 그러니까 인류를 지킬 비장의 카드로서 전장에 투입될지도……."

다크니스는 불안한 표정을 지은 뒤 나마저 불안에 사로잡히게 하는 말을 했다.

"그 애라면 괜찮을 거예요. 저의 말단 부하이자 왼팔이니까요. 분명 마왕의 딸과 1대 1로 싸워서, 상대가 엉엉 울 정도로 박살을 내준 후에 돌아올 거예요."

"이, 인마, 아이리스를 그렇게 함부로 부려먹다간 높으신 양반들이 너를 가만두지 않을 거라고."

메구밍은 느긋한 어조로 그렇게 말했지만 나는 가슴 속에 응어리가 생겼다.

세레나의 악행을 방관하고 있었을 때 느꼈던 바로 그 응어리다.

아쿠아와 아이리스에게 큰일이 생겼는데 그저 보고 있을 수밖에 없는 무력한 나 자신 때문에 이런 느낌이 드는 것일까.

하지만 나는 옛날부터 이랬다.

이 응어리는 전에도 느낀 적이 있었다.

내 첫사랑이었던 소꿉친구 여자애가 양아치 선배가 모는 오토바이의 뒷좌석에 타고 있는 모습을 봤을 때였다.

그때는 어쩔 수 없다고 되뇌며 집에 틀어박히고 말았다.

하지만, 나는 이 세계에서 새 출발을 하게 됐다.

젠장, 이럴 때야말로 치트 능력을 가지고 싶어.

나한테도 마왕에게 맞설 힘이 있다면 이번에야말로—.

(저 남자, 머리를 감싸 쥐고 몸을 배배 꼬네요. 왜 저러는 걸까요?)

(아직 어린 아이리스 님마저도 전장에 나선다는 말을 듣고 갈등에 사로잡힌 거겠지. ……좋아.)

메구밍과 속닥거리던 다크니스가 어험 하고 헛기침을 하더니—.

"저기, 카즈마. 딱히 할 일도 없으니 기분 전환이라도 하러 가지 않겠느냐? 우리의 원점이자 숙적인 상대를 찾아가자."

—라고 말하면서 즐거운 표정을 지었다.

4

우리의 원점이자 숙적이라면 설명할 필요도 없을 정도로 뻔했다.

나는 액셀 인근에 펼쳐진 평원에서—.

"나는 레벨 1이라고 했지?! 까딱 잘못하면 그대로 픽 죽어

버린다는 걸 잊지 마! 다크니스! 다크니스! 빨리 저 개구리 좀 어떻게 해애애앳!"

자이언트 토드에게 쫓기고 있었다.

"아뇨! 다크니스, 저부터 구해주세요! 이미 목까지 삼켜졌어요! 과거 최대급 위기란 말이에요!"

필사적인 목소리로 그렇게 외친 메구밍은 이미 마법을 사용했고 개구리에게 목 아랫부분이 전부 삼켜진 상태였다.

"너는 짐짝이나 다름없으니까 그대로 개구리의 위장에 들어가 있어! 내가 삼켜졌다간 얼간이 다크니스의 공격이 명중하기도 전에 소화되고 말 거라고!"

"카즈마는 개구리에게 먹힌 적이 몇 번 안 되니까 그런 소리를 하는 거예요! 『잡아먹힌다』는 건 생물 본연의 순수한 공포가……!"

"너, 지금보다 추운 날에는 개구리 뱃속이 따뜻하다는 소리를 지껄였잖아~!"

내가 메구밍을 향해 그렇게 대꾸했을 때 나를 쫓는 개구리를 쫓던 다크니스가 칼집에서 뽑아든 대검을 쥔 채 이렇게 외쳤다.

"카즈마, 개구리가 움직여서 공격할 수 없으니 너무 돌아다니지 말고 잠시만 가만히 있어라! 걱정하지 마라! 나를 믿어다오!"

"이 상황에서 너를 어떻게 믿어! ……앗! 그래, 미끼 스킬이야! 너는 왜 개구리를 쫓아다니는 거야?! 미끼 스킬을 써서 네 쪽으로 유인해!"

"미끼 스킬인 디코이는 아까부터 계속 쓰고 있다! 개구리들도 학습 능력을 지녔고 진화하지! 내가 저 녀석들이 질색하는 금속 갑옷을 걸쳤기 때문에 효과가 약해지는 거다!"

젠장, 중요한 순간에는 하등 도움이 안 된다니깐!

나는 허리에 찬 와이어를 뒤편에 있는 개구리를 향해 던졌다.

"『바인드』―!!!!!"

특제 와이어가 개구리를 묶어서 나는 거친 숨을 내쉰 뒤 걸음을 멈췄다.

"역시 감정에 따라 아쿠아를 쫓아가지 않은 게 정답이야."

"자, 잠깐만 있어봐라! 개구리 이외의 몬스터에게는 디코이가 통한다! 그러니 나를 믿어다오!"

다크니스가 필사적으로 변명을 늘어놓는 가운데, 나는 꽁꽁 묶인 개구리의 숨통을 끊었다.

이것도 자연의 섭리다. 나중에 맛있게 먹어줄게.

해치운 개구리를 향해 기도를 한 후 나는 와이어를 푸는 작업을 시작했다.

……그렇다. 와이어를 푸는 작업을 말이다.

"……어?"

나는 그제야 위화감을 느꼈다.

나는 어째서 『스킬을 쓸 수 있는 걸까』.

나는 모험가 카드를 꺼내서 확인해보았다.

방금 개구리를 쓰러뜨린 덕분에 1이었던 레벨이 2로 올라갔다.

그리고—.

"스킬 포인트가 들어왔네."

내가 얼이 나간 표정으로 모험가 카드를 쳐다보고 있을 때 다크니스가 나에게 말을 걸었다.

"카즈마, 왜 그러느냐? 무슨 일이라도 생긴 것이냐?"

"……아, 무슨 일이 생기긴 했어. 정확하게는……."

나는 다크니스를 쳐다보며 자신만만한 미소를 지은 후—.

"나의 시대가 온 걸지도 몰라."

모험가 카드에 적혀 있는, 습득 완료된 스킬 란을 보여줬다.

"—하아, 나의 시대가 오긴 뭐가 왔다는 거예요?! 다크니스도 문제예요! 개구리에게 잡아먹힌 저를 깜빡하다니, 동료를 지키는 게 소임이라는 크루세이더가 그래도 되는 건가요?!"

""잘못했습니다.""

저택으로 돌아간 우리는 목욕을 마친 메구밍에게 설교를 들었다.

엄청난 발견에 놀라서 메구밍을 깜빡한 것이다.

다크니스에게 자랑스레 카드를 보여준 후 메구밍에게 자

랑을 하려던 나는, 그제야 그녀가 개구리에게 통째로 삼켜졌다는 걸 깨닫고 허둥지둥 구출했으나—.

“제가 가장 열받는 건 드레인 터치로 마력을 저에게 공급했다는 거예요! 평소에는 업어줬잖아요! 개구리 점액으로 범벅이 된 저를 업는 게 싫었던 거죠?!”

“잘 아네. ……지, 진정해, 메구밍! 지금은 이럴 때가 아냐! 나, 엄청난 사실을 발견했어! 그리고 지금 바로 가야할 곳이 있다고!”

나는 목을 조르려고 하는 메구밍을 향해 필사적인 목소리로 호소했다.

잘하면 이제부터 나의 전설이 시작될지도 모른다.

“위즈! 지금 바로 위즈의 가게에 가자! 집이나 보는 건 이제 관둘래! 위즈의 가게에 가서 볼일을 마치고, 그 멍청이를 쫓아가자!

두 사람은 내 말을 듣고 깜짝 놀란 표정을 짓더니 곧 환한 미소를 머금었다.

5

“푸~ 하핫, 후하하하하, 찾아주세요! 정말 못 말리는 여신이구나! 누군가가 자기를 쫓아와주길 바라는 마음에, 툭하면 뒤편을 힐끔거리며 마왕 토벌의 여행을 하고 있는 것이냐?! 후하하하하하하!"

내가 저번의 쪽지를 보여주고 사정을 설명하자 아르바이트 악마는 즐거워 죽겠다는 듯이 낄낄 웃었다.

"바닐 씨, 너무 웃지 마세요! 아쿠아 님이 혼자서 여행을 떠나셨단 말이에요! 아앗, 어쩌죠…… 아쿠아 님이라면 이상한 일에 휘말려서 엉엉 울고 계실 게 틀림없어요……! 일전에 아쿠아 님이 저를 성불시키겠다고 한 것도, 마왕성의 결계를 풀기 위해서였군요……."

위즈는 그런 바닐을 꾸짖은 뒤 안절부절못하면서 아쿠아의 편지를 다시 읽어보았다.

나는 어떤 물건을 사기 위해 위즈 마도구점에 온 것인데—.

"바닐, 레벨 리셋 포션을 있는 대로 다 줘! 얼마든지 바가지를 씌워도 돼!"

나는 그렇게 말했고 바닐 이외의 세 사람은 얼이 나간 표정을 지었다.

"어, 어이, 카즈마. 그런 걸로 대체 뭘 할 생각이냐?"

"레벨을 리셋하는 거야! 내 레벨을 올렸다가 다시 리셋해서 치트 주인공이 되어주겠어!"

레벨이 내려가도 익힌 스킬은 사라지지 않는다.

남겨뒀던 스킬 포인트 또한 레벨이 낮아졌는데도 남아 있었다.

그리고 이 액셀 마을에서는 개구리를 쓰러뜨리기만 해도

레벨이 오르고 그때마다 스킬 포인트를 얻을 수 있다.

어째서 지금까지 아무도 실행에 옮기지 않은 건지 의아할 정도로, 끝내주는 스킬 포인트 무한 증식법이다.

나는 희희낙락하며 이 엄청난 사실을 다른 이들에게 이야기해줬지만—.

"……호오. 인간은 재미있는 생각을 하는구나. 레벨을 낮추고 다시 올리는 것을 반복해서 스킬 포인트를 모으겠다는 건가. ……뭐, 웬만한 이들은 그게 가능하더라도 하지 않겠지."

바닐은 나를 뚫어져라 쳐다보며 재미있다는 듯이 고개를 끄덕였다.

허락도 없이 나를 내다보는 걸로 모자라, 내 말을 대신 늘어놓지 말아줬으면 좋겠는데…….

"……안 해? 왜? 스킬 포인트를 잔뜩 벌 수 있잖아?"

내 질문에 코웃음으로 답하는 바닐을 보니 짜증이 치솟았다.

"웬만해선 스킬 포인트가 부족해서 곤란할 일이 없지. 인간은 누구나 일정량의 스킬 포인트를 가지고 태어난다. 뭐, 일반적으로 재능이라 부르는 거지. 그 망할 여신이 아크 프리스트가 된 후, 초기 포인트만으로 온갖 스킬을 다 습득했던 것처럼 말이다."

……그러고 보니 아쿠아는 온갖 연회용 장기자랑 스킬뿐만 아니라 아크 프리스트의 마법도 전부 익혔다고 말했다.

……어?

내 초기 포인트가 제로였던 건, 재능이 눈곱만큼도 없었다는 뜻인가요?

내가 마음속으로 갈등에 사로잡힌 가운데, 바닐은 말을 이었다.

"그 치트 여신은 일단 예외로 치더라도 방금 내가 한 말은 엄연한 사실이다. 예를 들어, 마법사에 뛰어난 소양을 가지고 태어나는 홍마족은 대부분 상급 마법을 습득했지. 그건 아크 위저드가 된 후, 보유하고 있는 스킬 포인트로 상급 마법을 익히기 때문이다. 가지고 태어난 포인트만으로는 상급 마법을 익히지 못하더라도, 그 녀석들은 양식이라는 경험치 습득법과 스킬업 포션이라는 것으로 동료들이 상급 마법을 익힐 수 있도록 도와준다. 상급 마법만 익힌다면, 그 후로는 혼자서도 손쉽게 레벨을 올릴 수 있거든."

홍마족 중 유일하게 상급 마법을 익히지 않은 예외적 존재가 내 옆에 있는데요.

메구밍과 다크니스도 이상한 스킬에 포인트를 사용했지만 올바르게 스킬 포인트를 사용했다면 딱히 부족하지는 않았을 것이다.

"……하지만 누구라도 스킬 포인트를 잔뜩 가지고 싶어하지 않아? 마을 밖에 있는 개구리를 몇 마리만 해치워도 레벨이 2, 3 정도는 간단히 올라간다고. 풋내기 모험가가 이걸 매일같이 반복한다면 다들 자기 직업의 스킬을 전부 익히는 게……."

"…………저기, 카즈마……."

"……응?"

메구밍은 머뭇거리며 말했다.

"……사실 레벨이란 건 그렇게 간단히 오르는 게 아니에요. 레벨을 10까지 올리는 데는 순조롭게 경험치를 모으더라도 1년이 걸려요. 이 풋내기 마을을 벗어나는 목표 레벨인 20까지 올리는 데는 보통 5년은 걸리죠."

"메구밍은 폭렬마법으로 강적들을 한꺼번에 쓸어버렸고, 나는 경험치가 잔뜩 들어있는 비싼 식재료를 섭취해서 남들보다 빠르게 레벨을 올렸다. 하지만 카즈마는……."

두 사람은 차마 말을 잇지 못했고 바닐이 즐거운 목소리로 말했다.

"태어날 때부터 재능이 없는 자일 수록 레벨이 쉽게 오른다는 건 이 세계의 상식이지!"

"""앗!"""

아무 말 없이 근처에 있던 상품을 만지작거리고 있던 내 뒤편에서—.

"애초에 레벨을 리셋하겠다는 소리를 아무렇지 않게 하는 건, 네놈이 이세계인이기 때문이다. 레벨이 낮을수록 약하다는 것은 만고불변의 진리다. 이 가혹한 세계에서 살아가는 이들은 일시적이라도 자신이 약해지는 것을 본능적으로 받아들일 수 없다. 그런 것을 아무렇지 않게 할 수 있는 건, 평화로운 세계의 주민이었던 네 녀석들뿐이겠지. 애초에 폭렬마법 같은 특수한 스킬을 익히지만 않는다면, 베테랑 모험가가 될 즈음에는 필요한 스킬을 전부 갖추게 된다. 네놈처럼 최약체 직업에서 다른 직업으로 넘어가지 않는 녀석은 없다고 해도 과언이 아니지."

""……이세계인?""

메구밍과 다크니스는 뜻밖의 단어에 관심을 보였다.

……그러고 보니, 나는 아직 이 두 사람에게 머나먼 나라에서 왔다고만 말해뒀네.

"이세계의 주민이라는 게 무슨 소리죠? 카즈마는 이 세계의 사람이 아닌 건가요?"

"……그러고 보니 너는 예전에 자기가 머나먼 나라에서 왔다고 말했지……."

바닐 자식, 괜한 소리를 늘어놨잖아.

"그 점에 대해선 나중에 이야기해줄게. 뭐, 이 세계의 사람들이 레벨 리셋을 질색하는 이유는 알겠어. 하지만 나는 딱히 개의치 않으니까, 레벨 리셋 포션을 나한테 팔아."

"유감이지만 없다. 그건 원래 판매가 금지된 상품이거든. 생산 자체가 금지되어 있다."

뭐라고?

"별의 별 소리를 다 늘어놓더니, 결국은 없는 거냐! 너, 아까 나를 내다봤지? 그럼 내가 뭘 원하는지도 알고 있었을 거 아냐!"

"후하하하, 악감정을 맛보고 싶었거든! 하지만 소년, 포기하기는 아직 이르다. 악감정을 제공해준 답례 삼아, 이 몸이 좋은 걸 알려주지."

이 자식, 아쿠아가 없다고 나를 마음껏 가지고 노는 거냐!

"결국은 자기 레벨을 낮추고 싶은 거지? 이 세상에 존재하는 최악의 상태이상 공격 중에는 레벨 드레인이라는 게 있다. 이걸 쓸 수 있는 몬스터를 잘 이용하면……."

"그, 그래! 그러면 레벨을 마음대로 높이거나 낮출 수 있겠네!"

나는 한 줄기 희망을 보고 기뻐했고 바닐은 즐거운 듯 고개를 끄덕였다.

"음, 그렇다. 하지만 레벨 드레인 같은 흉악한 공격을 쓸 수 있는 건, 일부 초거물 언데드 몬스터뿐이지. 웬만해서는 마주칠 수도 없고, 이용하는 것도 무리인 상대다. ……하지만 운이 좋게도, 이 자리에는 초거물 언데드이자 우호적인 리치가 있다!"

"우와! 어디 사는 여신과 다르게, 너는 정말 믿음직하네!"

어디 사는 여신과 비교를 당한 바닐이 질색을 하듯 입가를 일그러뜨리는 가운데—.

"저, 저기……. 리치한테는 레벨 드레인 능력이 있기는 하지만, 유감스럽게도 의도적으로 상태이상을 일으키는 건 불가능해요. 리치가 적의를 가지고 공격을 할 경우, 레벨 드레인을 비롯해 저주, 졸도, 마법 봉인, 공황 등의 상태이상이 랜덤으로 발생하거든요. 게다가 석화와 즉사 같은 치명적인 것도……."

"그렇구나. 그건 유감이네. 그럼 이 이야기는 없었던 걸로……."

내가 스킬 포인트 증식법을 서슴없이 관두자 메구밍과 다크니스가 약간 어이없다는 듯이 쓴웃음을 지으며 한숨을 내쉬었다.

어쩔 수 없잖아. 나도 목숨이 아깝다고.

"인간에게 가장 중요한 것은 꾸준한 노력이에요. 손쉽게 강대한 힘을 손에 넣으면 결국 돌이킬 수 없는 대가를 치르게 되는 법이죠. 그런 힘에는 크나큰 결점이 존재하거든요."

메구밍이 그렇게 말했고 나는 문뜩 전생 특전으로 데려온 아쿠아를 떠올렸다.

당시 나는 아쿠아 때문에 화가 나서 한 방 먹여줄 생각으로 그녀를 이세계로 데려왔다.

하지만 내가 아쿠아 때문에 고생을 한 건 『치트를 내려주는 여신님을 데려가면 완전 최강이잖아. 소원을 딱 하나만 들어준다는 말을 듣고, 들어주는 소원의 개수를 무한정하게 늘려달라고 비는 거나 마찬가지야』라고 생각한 나 자신에게 내려진 벌이라는 생각이 들었다.

내가 대가와 결점이라는 말을 듣고 갈등에 빠져 있을 때—.

"마왕성에 침입해서 마왕을 쓰러뜨린다. 상대도 측근을 거느리고 있을 테니, 이번만큼은 정공법으로 싸워서 이겨야만 하겠지. 그렇다면 저번에 네가 말한 것처럼, 미츠루기의 파티와 아쿠아, 융융이라는 조합도 나쁘지는 않을 거다. 아쿠아가 마왕성의 결계를 파괴할 수 있을 정도로 마왕군을 궁지에 몰아넣은 건, 분명 네 공적이지 않느냐. 너는 충분히 소임을 다했다. 그러니 더는 나서지 마라."

"맞아요. 아쿠아라면 지금쯤 겁을 먹고 여기로 돌아오고 있을지도 몰라요. 그러니 저희는 집에서 설교할 준비나 하며 기다리고 있죠."

웬일로 다크니스와 메구밍이 내 어리광을 받아주는 말을—.

…………아니, 나도 알고 있다.

솔직하게 말하자면, 나는 이 녀석들과 함께 아쿠아를 쫓아가서 마왕을 토벌한다는 그녀의 소원을 이뤄주고 싶다.

그리고 내 유일한 자랑거리이자 치트 능력이라고 할 수 있는 것은 뛰어난 운이다.

—더는 어쩔 수 없다는 듯이 쓴웃음을 짓고 있는 두 사람을 본 뒤 나는 마음을 굳혔다.

"……저기, 위즈. 네가 등록해둔 텔레포트 장소를 알려줘."

텔레포트란 마법을 쓸 수 있다고 해서 어디든 자유롭게 이동할 수 있는 건 아니다.

전이 장소로 등록해둔 곳에만 갈 수 있고 등록 숫자도 세 곳밖에 안 된다.

위즈는 내 말을 듣더니 한 번 고개를 갸웃거린 후 고개를 끄덕였다.

"저의 텔레포트 등록 장소 중 한 곳은 이 마을 입구, 그리고 사업상의 이유로 홍마의 마을을 최근에 등록했죠."

"위즈. 즉시 홍마의 마을을 네 텔레포트 등록 장소에서 빼고 다른 곳으로 바꿔라."

바닐은 위즈가 홍마의 마을에 가는 게 싫은지 인상을 썼다.

"마지막 한 곳은 소재를 모으기 위해, 이 대륙에서 가장 깊다는 던전의 입구……."

"거기야!"

나는 마지막 등록 장소를 듣자마자 그렇게 외쳤다.

옛날에 기동요새 디스트로이어와 싸우던 와중에 코로나타이트란 돌을 랜덤 텔레포트로 전송했을 때, 위즈가 세계 최대의 던전을 텔레포트 장소로 등록해뒀다는 말을 들었던 것이 생각났다.

그런 던전에는 풍부한 경험치, 아니, 강한 몬스터가 산뜩 있을 것이다.

나는 위즈를 향해 고개를 숙이고 말했다.

"위즈, 나를 그 던전으로 데려가서 단련시켜줘. 그리고 내 레벨이 오르면, 던전 안에서 레벨 드레인을 써줬으면 해."

"예엣?!"

위즈가 깜짝 놀라서 그렇게 외친 가운데, 메구밍과 다크니스도 당황했다.

"카즈마, 설명을 제대로 들은 거예요?! 리치의 상태이상 공격은 흉악 그 자체예요! 석화와 즉사는 물론이고, 당신의 현재 체력으로는 체력을 빼앗는 저주조차도 치명상일 거라고요!"

"너는 항상 보수적이면서, 때때로 무모한 짓을 저지르는구나! 지금은 아쿠아도 없지 않느냐! 죽기라도 했다간……."

나는 시끄럽게 구는 두 사람을 향해—.

"둘 다 시끄러워~! 너희 둘은 지금부터 마을 안을 돌아다니면서, 쓸 만한 스킬을 지닌 것 같은 모험가들에게 이야기나 잘 해둬! 내가 던전에서 돌아오면, 바로 스킬을 배울 수 있도록 말이야!"

나는 될 대로 되라는 심정으로 그렇게 고함을 질렀다.

홍마의 마을 사람들에게 폭렬마법만 쓸 수 있다는 사실을 들킨 바람에 엉터리 마도사, 보결 마도사 같은 식으로 놀림을 당한 메구밍은 마왕을 해치워서 다른 홍마족들의 콧대를 꺾어주고 싶을 것이다.

다크니스도 마음 같아서는 지금 바로 아쿠아를 쫓아가고

싶겠지만 그런 마음을 억누르며 이 마을에 남겠다고 말했다.

그리고 혼자서는 불안할 텐데도, 아쿠아는 우리를 휘말리지 않게 하려고 혼자 여행을 떠났다.

하나 같이 정말…….

진짜, 하나 같이 정말……!

평소에는 툭하면 사고만 쳐대면서 이럴 때만 왜 이렇게 좋은 사람처럼 구는 거냐고!

이런 식으로 배려를 할 줄 안다면 처음부터 그런 모습을 보여 달란 말이야!

"나는 항간에서 변변찮은 쓰레기라는 소리를 들어! 하지만 이 상황에서 뒷일을 전부 남에게 떠넘길 만큼 얼간이는 아냐! 리치의 상태이상 공격은 레벨 드레인, 저주, 졸도, 마법 봉인, 공황, 석화, 즉사지? 그 중에서 저주와 석화, 즉사가 꽝인 거잖아? 너희 둘은 나와 오랫동안 어울려 다녔으니까, 재수 하나는 끝내주는 내가 꽝을 뽑을 리가 없다는 것도 알지?! 자, 빨리 가! 너희 둘 다 빨리 가란 말이야!"

나는 아쿠아의 말투를 흉내내면서 메구밍과 다크니스를 향해 빨리 가보라고 손을 내저었다.

"제, 제정신인가요, 카즈마……! 하, 하다못해 레벨을 낮출 때는 액셀로 돌아와서, 프리스트에게 운을 좋게 해주는 지원마법을 걸어달라고 한다거나……!"

"기, 기다려라, 카즈마. 그럼 몬스터를 막을 방패 역할로 내가 같이 가는 편이 좋지 않겠느냐……?!"

나는 응석을 부리듯 그런 소리를 하면서 고집을 피우는 그 두 사람을 가게 밖으로 쫓아냈다.

그리고 다시 위즈를 향해 고개를 돌렸다.

"방금 내가 한 말 들었지? 위즈, 미안하지만 나를 단련시켜줘. 예전에 마왕군 간부였던 너한테 마왕을 쓰러뜨리는 게 목적인 내가 이런 부탁을 하는 것이 뻔뻔한 짓이라는 건 알지만……."

"저, 저도 아쿠아 님이 걱정되니까 그건 괜찮지만……. 저 혼자서는 카즈마 씨를 지켜낼 수 있을 거라고 장담할 수 없어요. 던전은 광대하죠. 길을 잃을 수도 있고, 위험한 함정도……. 게다가 제 스킬 때문에 카즈마 씨가 죽어버릴……지도……. ……아앗! 맞아요!"

우물쭈물하던 위즈가 갑자기 손뼉을 쳤다.

"바닐 씨! 바닐 씨라면 내다보는 힘으로 카즈마 씨가 치명적인 상태이상에 걸릴지를 미리 알 수 있지 않나요!? 게, 게다가! 바닐 씨라면 던전 안에서 길을 잃을 리가 없고, 어떤 함정이 있는지도 내다볼 수 있잖아요."

"거절하지."

바닐은 위즈의 아이디어를 일언지하에 거절하더니 유쾌하다는 듯이 웃음을 터뜨렸다.

"후하하하! 그래! 이 악감정을 위해 소년에게 세세하게 가르쳐준 것이다! 맛있구나, 맛있어! 그대들의 악감정은 정말 맛있는걸!"

으음, 언젠가는 이 악마를 확 소멸시켜버려야지.

"마왕이 어떻게 되든 내가 알 바 아니지만, 악마인 이 몸이 여신을 돕는 거나 다름없는 짓을 할 리가 없지 않느냐! 후하하하하하, 유쾌하구나, 유쾌해! 여신 따위는 여행 도중에 길을 헤매다 잡초를 잘못 먹고 배탈이 난 나머지, 그대로 골로 가버려라! 뭐, 그 녀석 혼자서는 절대 마왕성에 도착하지 못할 거다! 푸~하하하하!"

"바닐 씨! 이럴 때는 좀 도와줘도 괜찮잖아요! 그런 소리를 늘어놓는다면 저한테도 생각이 있다고요!"

위즈는 평소와 다르게 진짜로 열 받은 반응을 보였고 바닐은 놀리는 태도를 보였다.

"호오? 어디 한 번 말해봐라. 이 몸이 협박에 굴복할 거라고……."

"바닐 씨 몰래 들여놓았던 이 상품들 말인데, 양이 너무 많아서 반품할까 고민하고 있었어요. 하지만 역시 관두……아앗! 그건 반품할 생각이 없는 소중한 물품들이니까 절대 못 줘요!"

나는 상품을 지키는 위즈와 몸싸움을 벌이기 시작한 바닐에게—.

"그러고 보니 나는 바닐한테 빚을 졌잖아? 던전에서 무사히 돌아온다면, 그때 빚을 꼭 갚을게."

—라고 불쑥 말했다.

"……음? 빚?"

빼앗긴 상품에 매달려 있는 위즈의 머리를 인정사정없이 눌러대던 바닐이 의아해 하면서 그렇게 물었다.

"저번에 아쿠아가 나를 저택에서 쫓아냈을 때 말이야. 한밤중에 내가 저택에 침입하는 걸 도와줬잖아? 그때, 위즈의 가게에서 파는 쓸모없는 고가 상품을 내가 사주기로 약속했지?"

"호오, 그런 일도 있었지. ……위즈, 네 녀석이 들인 이 잡동사니들을 팔아치울 수 있을 것 같구나! 그러니…… 이익, 이 손을 놔라! 이 안에는 중요한 물건이 하나도 없다! 이 몸이 보기에 전부 잡동사니란 말이다! 이것들을 전부 팔아치워 버리겠다!"

"잠깐만요! 그건 잡동사니가 아니에요! 가지고 있으면, 멋진 만남이 찾아오게 된다는 로사리오……!"

나는 여전히 격렬한 몸싸움을 벌이고 있는 두 사람에게 말했다.

"아, 미안하지만 내가 사려는 건 그게 아냐. 뭘 살지는 이미 정해뒀거든. 그것도, 내가 사주면 바닐이 아마 좋아 죽을 법한 물건이야……."

막 간 잉여신 극장①

심야.

"젤 킹, 알았지? 만약 나한테 무슨 일이 생긴다면, 네가 이 세상을 구하는 거야."

나는 잠든 젤 킹에게 작별 인사를 건넸다.

닭장 안에서 깊이 잠든 젤 킹은 여신인 내가 눈앞에 있는데도 눈을 뜨지 않았다.

진짜 거물이네.

원래 오래 산 상위 드래곤일수록 잠이 많다고 하는데, 여신의 위광 앞에서도 계속 잠이나 자고 있는 이 애는 장래에 어떤 드래곤이 될까?

"잘 들어, 젤 킹. 내가 해를 당하더라도, 복수 삼아 세상을 멸망시켜선 안 돼. 이 엄마는 그런 걸 원하지 않아."

나를 사랑하는 젤 킹을 잘 타일러둬야 한다.

젤 킹은 악마가 탈피한 껍데기를 무서워하는 건 고사하고 오히려 침대로 여기며 잠들어 있다.

여신과 악마를 두려워하지 않는 이 애에게는 드래곤의 제왕이란 호칭이 어울릴 것이다.

불타오르는 듯한 새빨간 볏, 황금을 연상케 하는 노란 부리와 순백색 깃털.

작별을 아쉬워하며 젤 킹의 폭신폭신한 깃털을 쓰다듬고

있을 때 발치에서 기척이 느껴졌다.

"뭐하는 거야, 칠흑의 마수. 나는 항상 너한테 당하기만 했지만, 지금은 젤 킹 앞이니까 안 져. 네가 공격하려는 낌새를 보이면, 바로 젤 킹을 깨워서 너를 해치우게 할 거야."

내 발치에서 몸을 동그랗게 말고 있는 건 나를 눈엣가시처럼 여기는 정체불명의 마수, 촘스케였다.

나를 깔보며 내 반찬과 과자를 날름 먹어치우는 짓을 제발 관뒀으면 좋겠다.

"……뭐, 뭐야. 왜 그래? 오늘은 웬일로 어리광을 다 부리네."

촘스케는 마치 머리를 쓰다듬어 달라는 듯이, 아무 말 없이 내 손에 박치기를 날렸다.

평소에는 만지지 못하게 하면서 말이다. 이래서 고양이는 제멋대로라는 말을 듣는 것이다.

뭐야, 되게 폭신하고 부드럽네.

……정말!

"혹시 내가 마왕을 토벌하러 가는 걸 말리는 거야? 하지만 물러. 폭신폭신한 털 좀 만지게 해줬다고 내가 출발 날짜를 늦출 거라 생각했다면 그건 착각이야. ……하지만 배도 만지게 해준다면, 내일 출발할지 한 번 생각해볼게."

나는 거래를 제안했지만 촘스케는 배를 만지게 해줄 수는 없다는 듯이 발톱을 세웠다.

"여신의 피부에 상처를 내면 천벌을 받을 거야. 너한테서는 때때로 기묘한 오라가 느껴지는데, 어째서일까? 고양이 주제에 체취도 좋은 걸 보면, 혹시 비누의 신이라도 되려는 거야? 목욕의 신은 안 돼. 물의 여신인 나와 같은 범주거든."

촘스케는 그 말이 마음에 들지 않는다는 듯 내 날개옷을 물어뜯었다.

이건 신기(神器)니까 침을 묻히지 말아줬으면 좋겠는데…….

바로 그때, 촘스케가 허공을 쳐다보았다.

"어머, 너도 마중을 나온 거니?"

그곳에는 이 저택에 사는 지박령 소녀, 안나가 있었다.

이 애는 평소 나를 놀리는 데 혈안이 되어 있지만 오늘은 분위기가 달랐다.

"표정이 진지한데, 왜 그래? 슬슬 성불할 마음이 들었어?"

우리의 모험 이야기에 질리면 스스로의 의지로 승천하겠다고 해서 정화하지 않고 놔둔 건데…….

"눈곱만큼도 질리지 않은 거야? ……그렇구나. 뭐, 이 세상에 미련을 남기지 않고 승천한다면 그게 최고이긴 해. 하지만 에리스한테 걸리지는 마. 그 애는 고지식해서 융통성이 없거든."

안나는 내 충고를 듣고 고개를 끄덕였다.

"…………저기, 그런 소리는 하지 말아줄래? 그런 걸 누고 사망 플래그라고 하거든?"

만약 내가 돌아오지 못하더라도 미련이 없도록, 마지막으로 끝내주는 이야기를 해달라는 부탁을 받았다.

내가 잔디 위에 앉자 춈스케는 내 무릎 위에 올라왔다.

"저기, 둘 다 장기전 태세를 취하지 말아줄래? 이러다간 심야 승합 마차 마지막 편을 놓치는데……."

춈스케는 내 항의를 못 들은 척하면서 하품을 했다.

이 애들은 대체 왜 이러는 걸까? 자기들이 마왕 토벌을 방해하고 있다는 걸 알고 있는 걸까?

뭐, 그래도—.

"어쩔 수 없네. 그럼 너희에게 옛날이야기를 해줄게. …… 이건 근면 성실한 내가 천계에서 망자를 안내하던 시절의 일이야. 어느 날, 특이하기 그지없는 방식으로 죽은 운동복 차림의 은둔형 백수가……."

—유령 소녀와는 오랫동안 알고 지낸 만큼 소원을 들어주기로 했다.

제2장 이 불사의 왕에게 던전을!

1

—지하 1층—

“후하하하하! 후하하하하하하하! 자, 길을 비켜라! 이 고블린들아! 단체로 손님의 경험치가 되고 싶은 거냐! 너희처럼 경험치 효율이 나쁜 졸개한테는 볼일이 없다! 자, 썩 꺼져라!”

지옥의 공작이자 전직 마왕군 간부인 대악마 바닐.

최종 보스를 맡아도 될 듯한 존재가 현재 우리 일행의 선두에 서서 고블린들을 쓸어버리고 있었다.

지옥의 공작이라는 직함에 걸맞게, 고귀하고 무시무시한 복장…….

……이 아니라, 팔부바지에 샌들, 그리고 상반신에 셔츠 한장만 달랑 걸친 채 말이다.

그런 모습으로 던전에 도전하는 건 좀 그렇다고 생각했지만 이 녀석은 더 이상 신경 쓰지 않기로 했다.

그건 그렇고 저런 옷차림으로 사악한 가면을 쓰고 있으니 더욱 언밸런스한 느낌이 들었다.

"카즈마 씨, 이렇게 바닐 씨와 모험을 하는 날이 올 거라고는 생각도 못했어요! 오늘은 바닐 씨에게 꾸중만 듣는 얼간이 점주가 아니라, 옛날에 이름을 널리 알렸던 대마도사로서의 실력을 보여주겠어요!"

내 옆에 있는 위즈는 즐거운 목소리로 그렇게 말했다.

현재 나는 바닐과 위즈에게 보호받으면서 던전을 침략하고 있었다.

그리고 위즈한테서는 항상 곤궁한 얼간이 점주 때와는 다르게 믿음직한 느낌이 들었다.

하지만—.

"바닐은 그렇다 쳐도…… 위즈는 무기나 방어구가 필요 없는 거야?"

가게에서 쓰는 앞치마를 걸친 위즈는 바닐과 마찬가지로 던전이란 장소와 영 어울리지 않는 느낌이 들었다.

팔부바지에 셔츠, 샌들 차림으로 보따리를 짊어진 가면남, 앞치마 차림의 여성, 그리고 유일하게 중장비를 갖춘 나…….

남들 눈에는 어떤 집단처럼 보일까.

"걱정하지 마세요! 리치에게는 마법이 걸린 무기나 마력을 지닌 몬스터의 공격, 혹은 마법으로만 대미지를 입힐 수 있어요! 이래 봬도 저는 언데드의 왕이거든요! 그리고 사실 이 던전은 바닐 씨와 처음 만났던 장소라서요. 그러니까 저도 힘낼게요!"

힘찬 목소리로 대답을 하는 위즈가 왠지 믿음직하게 느껴졌지만…….

나는 이 두 사람에게 부탁한 것을 아주 약간 후회하기 시작했다.

—지하 5층—

"좋구나, 좋아! 이 몸은 오늘 컨디션이 끝내준다! 후하하하하하! 오거 따위가 이 몸을 막아서다니, 건방지구나! 마력을 쓸 필요도 없지! 맨손으로 박살을 내주마!"

"바닐 씨는 기분이 참 좋아 보이네요! 하지만 마무리는 카즈마 씨에게 양보해야 경험치가……."

바닐은 키가 3미터 가량 되는 오거와 주먹다짐을 시작했고 그 옆에서는 위즈가 다른 오거들의 몸에 손을 댔다.

위즈와 접촉한 오거들 중 누군가는 거품을 물고 쓰러졌고 어떤 자는 정신을 잃은 채 꼼짝도 못했다.

아마 상태이상 공격인 저주와 졸도에 당한 것이리라.

그리고 움직이지 못하는 오거의 숨통을 끊어주는 것이 내가 할 일이다.

경험치를 벌기만 하는 손쉬운 일이라고 볼 수도 있지만 역시 저항하지 못하는 상대를 해치우는 건 정신적으로 꽤 힘들었다.

그건 그렇고, 역시 마왕군 전 간부들은 대단했다.

이 두 사람은 오거 무리를 별 무리 없이 손쉽게 쓸어버렸다.

위즈의 텔레포트로 온 이 던전은 세계 최고의 규모와 깊이를 자랑한다고 한다. 그런 만큼 통로의 폭과 천장은 드래곤도 여유롭게 활보할 수 있을 정도로 넓고 높았다.

던전에 들어오고 몇 시간이 지났다.

세레나와 싸우다 레벨 1이 되었던 나도 어느새 레벨 10을 넘어섰고, 곧 20이 된다.

"아마 이 마지막 오거를 해치우면……. 좋았어, 레벨 20! 너희 덕분에 레벨이 쑥쑥 올랐어."

나는 바닐에게 관절기를 당해서 엉엉 울고 있는 오거에게 검을 꽂아 숨통을 끊어준 후 현재 레벨을 일행에게 알려줬다.

나는 오거에게서 검을 뽑고 그 유해를 향해 기도를 했다.

솔직히 말해 게임하는 느낌으로 레벨을 올리니 영 찝찝했다.

상대가 지능을 지닌 인간형 몬스터라서 더 그랬다.

하지만 강해지기 위해선 어쩔 수 없다. 죄송합니다.

바닐은 기도를 하고 있는 나를 향해 약간 당황한 말투로 이렇게 말했다.

"흐음, 벌써 레벨이 그렇게 오른 것이냐……. 모험가로서 재능이 없다고 생각했다만, 이 정도일 줄이야. 음……. 뭐랄까, 저기……. 뭐, 레벨이 금방 오르는 것도 재능이라고 생각한다……."

"너한테는 그런 소리 듣고 싶지 않거든? 그냥 웃으라고……."

바닐이 나를 불쌍하게 여기고 있을 때 위즈가 나를 향해 머뭇머뭇 손을 내밀었다.

"그, 그럼 할게요……. 바닐 씨, 괜찮은 거죠……?"

"음, 문제없다. 손님의 건강한 미래가 보이는구나."

"손님이라고 부르지 마. 그냥 평소처럼 부르라고. 아무튼 잘 부탁해!"

위즈의 상태이상 공격으로 무사히 레벨이 1까지 내려간 나는 우선 안도의 한숨을 내쉬었다.

"……진짜로 성공한 건가. 다행이군."

"""어."""

바닐이 그렇게 말해서 나와 위즈는 흠칫했다.

이 녀석이 이제 와서 무슨 소리를 하는 거야? 제대로 결과를 내다본 게……!

"후하하하하하! 걱정했지? 걱정했지? 네놈이 그걸 구입할 때까지는, 무슨 일이 있어도 네 놈의 안전을 보장해주지……. 어이쿠, 멋진 악감정이구나! 정말 맛있는걸!"

그러고 보니 이 녀석은 원래 이런 녀석이었다.

—지하 10층—

"어, 어이, 바닐……. 여기는 얼마나 깊은 거야? 우리, 꽤 걸었지? 시간이 얼마나 지난 건지 모르겠어. 나, 먹을 걸 제대로 준비하지도 않고 여기로 끌려왔다고."

내다보는 악마인 바닐과 언데드인 위즈, 그리고 암시 능력을 지닌 나…….

전원이 어둠을 꿰뚫어볼 수 있기 때문에 불도 켜지 않고 던전 내부를 나아가고 있었지만, 끝이 보이지 않는다는 불안감에 사로잡힌 나는 무심코 바닐에게 그런 질문을 던졌다.

시간이 얼마나 흐른 건지는 알 수 없으나 꽤 오랫동안 이곳에 머무른 것 같았다.

"이 몸이 보기에 지하 20층이 최하층인 것 같구나. 그리고 시간은 이제 한나절이 흘렀을 거다. 식량은 이 몸이 준비해왔으니 걱정하지 마라."

바닐은 등에 짊어진 보따리를 가볍게 두드렸다.

"……보통은 조금씩 탐색을 하면서 몇 달에 걸쳐 공략해야 하는 규모의 던전이다. 길과 함정을 이 몸이 전부 내다보고 있기 때문에 이렇게 짧은 시간에 여기까지 올 수 있었지. 그 점을 이해했다면, 그것만이 아니라 다른 것도 구매해라. …… 그건 그렇고, 이곳은 꽤 괜찮은 던전이구나. 최하층에 가서 이 던전의 보스를 쓰러뜨린 후에 이 몸이 차지해버릴까?"

"아, 안 돼요, 바닐 씨! 던전은 제가 만들어 드릴게요! 저희 가게에는 바닐 씨의 도움이 필요하단 말이에요!"

바닐과 위즈가 그런 대화를 나누며 성큼성큼 길을 나아갔다.

바닐이 샌들을 질질 끌면서 걷는 소리를 듣고 있으니 여기가 위험한 던전이라는 점을 망각할 것 같았다.

"……그런데 너는 왜 그런 꼴을 하고 있는 거야? 안 물어보려고 다짐을 했는데, 신경이 쓰여서 말이지……."

"음? 이 옷 말이냐. 이건 남편을 잃은 마담이 나에게 입으라고 헌상한 것이다. 내 단벌옷인 양복 차림으로 가게 인근의 도랑을 청소했더니, 움직이기 편한 이 옷을 주더군. 어때? 어울리느냐?"

바닐은 팔부바지와 알몸 셔츠 차림을 자랑하듯 보여줬다.

언뜻 보면 집 근처의 편의점에 가는 아저씨 같지만 가면 탓에…….

"장소가 장소라 그런지 레어 몬스터 같아."

지금의 바닐을 모험가가 본다면 기묘한 몬스터라 여기며 쫓아올지도 모른다.

"흠, 이 몸이 레어 몬스터처럼 보이는 거냐. 이 코스튬을 준 마담에게 답례를 해야겠군."

악마에게 있어 레어 몬스터 취급은 칭찬인 걸까.

"……바닐 씨는 저보다도 이웃들과 친분이 깊네요……. 저는 꽤 오랫동안 거기서 살았는데…………."

위즈가 풀이 죽은 목소리로 그렇게 말했을 때 앞쪽에서 으르렁거리는 소리가 들렸다.

적 탐지 스킬이 반응을 보였다. 강력한 몬스터의 기척을 느낀 것이다.

"호오, 이런 곳에 케르베로스가 있군! 항상 따뜻한 온도를 유지하는 저 녀석의 모피는 겨울에 매우 비싸게 거래되지! 위즈, 저 놈은 절대 놓치지 마라! 저걸 잡으면, 일주일 동안 고기를 먹여주마!"

"죄송해요! 저도 때로는 단백질을 먹고 싶어요! 개를 좋아하지만, 죄송해요! 죄송해……, 아앗! 도망치지 말아요~!"

—지하 13층—

"크르르르르아아아아아아!"

"후하하하하하하, 도마뱀 따위가 건방지구나! 지금이야말로 드래곤과 악마 중에 누가 더 강한지……. 어, 어이, 위즈! 아직 멀었느냐! 이 녀석은 브레스를 뿜으려고 준비하고 있다! 잡고 있는 이 몸도 열기 때문에 육체가 타들어가고 있단 말이다!"

"하, 하지만 바닐 씨! 저 애는 하위종이라고는 해도 드래곤족이에요! 드래곤은 강한 마력을 갖추고 있단 말이에요! 다가갔다가 물리기라도 하면 리치인 저라도 아프단 말이에요!"

"위즈, 그런 소리를 할 때가 아냐! 바닐이! 바닐이 잡아먹히겠다고~!"

오랜만에 살아있는 드래곤을 봤다.

하위라고는 하지만 몸집이 웬만한 창고보다 커서 소를 주식으로 삼을 것만 같았다……!

“이익, 한쪽 손을 뜯어 먹혔군! 육체를 대신할 게 없는 이 던전에서 계속 육체를 잡아먹혔다간 이 몸이 사라지고 말 거다! 어쩔 수 없지! 드래곤의 비늘은 비싸게 팔 수 있는 데다 경험치도 대량으로 벌 수 있지만…… 위즈! 이 드래곤은 포기하자! 마법으로 해치워라!”

“예, 그렇게 할게요! 『커스드 라이트닝』!”

한쪽 팔을 물어뜯긴 상태에서도 어찌어찌 드래곤을 잡고 있던 바닐의 뒤편에서 위즈가 전격 마법을 사용했다.

한줄기 눈부신 번개가 어둑어둑한 던전 안을 가르며 날아갔다.

파르스름한 번개는 드래곤의 몸에 거무튀튀한 바람구멍을 내더니 그대로 잠시 동안 주위에 강렬한 섬광을 뿜었다.

곧 스파크가 잦아들면서 주위가 어둠에 뒤덮이자 복부에 커다란 구멍이 난 드래곤이 둔중한 소리를 내며 쓰러졌다.

드래곤마저 일격에 쓰러뜨리다니 역시 리치는 대단했다.

“엄청나네……. 리치는 드래곤이나 악마보다 강하구나.”

“읔?!”

“후훗, 이래 봬도 언데드의 왕이라고 불리는…… 왜, 왜 이러세요? 그만하세요, 바닐 씨! 물어뜯긴 팔을 저한테 내밀지 마세요……!”

자기가 고전한 드래곤을 위즈가 간단히 쓰러뜨린 바람에

경쟁심에 사로잡힌 건지, 바닐이 위즈를 괴롭히기 시작했다.

한편, 강적의 위압감에서 해방된 나는 무심코 지면에 털썩 주저앉았다.

"그건 그렇고, 현재 내 레벨은 25 가량이네. 전투를 치를 때마다 레벨이 오르고 있지만……. 엄청 빠른 속도긴 해도, 이쯤이 한계겠지? 바닐도 고전을 하는 것 같으니까, 이제 그만……."

레벨을 리셋한 후 다시 올리기 시작한 레벨이 벌써 25에 도달했다.

내가 1년 넘게 해온 모험은 대체 뭐였는가, 그런 생각이 들 정도로 빠른 레벨업 속도였다.

지금까지 해치운 몬스터는 하나같이 우리 파티를 전멸시키고도 남을 정도의 거물이다.

이곳에 들어온 후로 어느 정도의 시간이 흘렀을까.

바닐이 아까 한나절이 흘렀다고 말했으니 지금쯤이면 던전 밖은 어두워졌을 것이다.

내가 약한 소리를 늘어놓자—.

"무슨 소리를 하는 것이냐! 이 몸이 고전한 것은 어디까지나 상대의 몸에 상처를 내지 않고, 또한 산 채로 무력화시킨다는 제한이 있기 때문이다. 그냥 소멸시켜도 된다면 혼자서도 최하층까지 다녀올 수 있지!"

뜯겨나간 팔로 위즈를 괴롭히던 바닐은 위협을 하며 그렇게 말했다.

그것보다 보고 있으면 섬뜩하니까, 빨리 팔을 몸에 붙였으면 좋겠다.

"하지만 카즈마 씨의 말처럼, 여기서부터는 고전을 할 것 같네요. ……그럼 이렇게 할까요?"

위즈는 그렇게 말하고 드래곤의 사체에 다가가—.

"『커스드 네크로맨시』!"

힘찬 목소리로 그렇게 외치면서 사체에 마법을 날렸다.

……솔직히 말해, 나는 마왕군 간부와 리치란 존재를 얕보고 있었다.

풋내기 모험가 마을의 가난뱅이 점주는 여전히 가게 앞치마를 걸친 채—.

"자, 드래곤 급의 몬스터를 몇 마리 더 언데드로 만들어서……. 이참에 이 던전의 최하층까지 제압해버리도록 하죠."

방금 만든 드래곤 좀비의 목을 쓰다듬으며 산책이라도 가는 말투로 그렇게 말했다.

위즈는 드래곤을 향해 고개를 돌리더니 최하층까지 가면 해방시켜줄게요…… 하고 미안해하는 말투로 중얼거렸다.

"……이 던전에 온 후로 위즈에 대한 내 평가는 급상승 중이야. 위즈는 진짜로 엄청난 대마도사였구나."

"그, 그런가요? 저, 저는 아직 멀었다고 생각하는데 말이죠……! 그, 그럼 가죠! 빨리 가요!"

위즈는 내 말에 약간 멋쩍은 반응을 보였지만—.

"미안하지만 잠시만 쉬면 안 될까? 솔직히 지쳤어. 쉬지 않고 여기까지 왔더니 한번 주저앉았는데 긴장이 풀려서 피로가……."

내가 몸을 일으키지 못하자 바닐이 내 옆으로 와서 짊어지고 있던 보따리를 던전의 지면에 펼쳤다.

나는 저 보따리 안에 던전 공략에 필요한 물건이 들어있을 거라고 생각했지만 그 안에는 포션과 마도구, 일용품 같은 게 가득 들어 있었다.

"자, 소년. 피로 회복 포션과 식료품, 물과 약, 즉석 결계를 칠 수 있는 마도구 등, 다양한 물건을 준비했다."

역시 내다보는 악마답게 정말 준비성 좋은 녀석이다.

"오늘은 특별 출장 던전 가격! 시세의 다섯 배 가격에 팔도록 하지요! 손님! 어떠십니까?!"

역시 내다보는 악마답게 이런 상황에서 남에게 바가지를 씌우는 거냐.

……진짜 악랄한 녀석이다.

2

—대체 어쩌다 이렇게 된 걸까.

"젠장! 벌써 쫓아온 거냐! 스텔라! 스텔라!! 플래시 마법이 담긴 스크롤은 이제 없어?! 다시 저 녀석의 눈을……!"

길이 울먹거리면서 그렇게 말했고—.

"없어! 아까 쓴 게 마지막 하나였어!"

나 또한 울먹거리는 목소리로 대꾸했다.

"모처럼 보물을 손에 넣었는데, 우리는 여기서 다 죽는 거냐고!"

최후미에 있는 게인이 보물이 들어있는 배낭을 짊어진 채 분통을 터뜨렸다.

우리는 그 말을 들으면서 계속 달렸다.

코 안쪽이 시큰거리고 눈물이 샘솟는데도 닦지 않은 채 말이다.

조그마한 랜턴의 불빛으로 어둑어둑한 던전의 통로를 비추면서 우리는 몇 십 분 전에 했던 행동을 후회했다.

우리에게 지하 13층은 아직 일렀다.

12층까지는 매일같이 조금씩 맵을 기록하고 차근차근 몬스터의 생태를 파악하며 반년이 넘는 시간을 들여 공략했다.

하지만 12층에 들어선 후로 몬스터에게 전혀 고전하지 않은 바람에 방심하고 말았다.

지금까지는 그렇게 신중하게 행동했는데 오만해져서 실수를 범한 것이다……!

아직 공략한 자가 없는 이 던전은 각 층수에 3을 곱한 레벨이 될 때까지는 탐색을 자제하는 편이 좋다고 여겨졌다.

그것이 이 던전을 탐색할 때의 적정 레벨인 것이다.

현재 우리가 있는 지하 13층은 원래 레벨 39 이상이 되고 나서 탐색해야 한다.

그리고 우리의 평균 레벨은 아슬아슬하게 39에 미치지 못했다.

등 뒤에 펼쳐진 시꺼먼 어둠 속에서 우리를 쫓는 몬스터의 기척이 느껴졌다.

“죽고 싶지 않아……. 죽고 싶지 않단 말이야……!”

내 뒤편에서 필사적으로 뛰고 있던 여동생이 훌쩍거리며 그렇게 말했다.

이 앞에는 지하 12층으로 이어지는 계단이 있다.

그곳에 도착할 수만 있다면 우리를 쫓고 있는 몬스터에게서 벗어날 수 있으리라.

지상에 자연 발생한 몬스터와 던전에 서식하는 몬스터는 명백하게 다르다.

던전의 몬스터는 누군가가 소환한 것이 대부분이고, 그런 몬스터는 소환자가 던전 내부에 방출하는 마소(魔素)란 물질을 흡수해서 활동한다.

지상의 몬스터와 달리 소환된 몬스터들은 마소 없이는 이 세상에 존재할 수 없다.

마소는 마력이 공기처럼 된 물질 혹은 지옥의 공기라고 일컬어지지만 아무튼 그것들은 최심부에 있는 던전 보스의 방에서 방출된다.

그러니 던전을 내려가면 갈수록, 그 보스의 방에 가까워질수록 마소는 진해진다.

강한 몬스터는 활동을 위해 진한 마소가 필요하고 약한 몬스터는 진한 마소 안에서는 생존할 수 없다.

그렇기에—.

"이 앞에 12층으로 이어지는 계단이 있어! 저 끈질긴 몬스터도 마소가 옅은 위층까지는 쫓아오지 못할 거야! 위층으로 도망치면 우리는 목숨을 건질 수 있어!"

길이 혼잣말을 하듯 그렇게 외쳤다.

저 몬스터에게 기습을 당했을 때, 이 던전에서 가장 중요한 물품인 일시적으로 결계를 치는 마도구가 파괴됐다.

그뿐만 아니라 식량이 들어있는 짐도 훼손된 것이다.

그것은 이 던전 안에서 휴식을 취할 수 없다는 것을 뜻했다.

이래서는 마력을 회복시킬 수도 없다.

저 녀석에게서 도망치더라도 우리가 무사히 지상에 도착할 가능성은 낮았다.

하지만 저 흉흉한 몬스터에게 살해당하는 것보다는 나을 것이다……!

이대로 위층으로 도망친다면 저 몬스터도 마소가 옅은 층을 질색하며 쫓아오지 않을—.

"우왓!"

가장 뒤편에서 뛰고 있던 게인의 비명소리가 들렸다.

뒤를 돌아보니, 게인이 찢어진 배낭에서 보물이 쏟아졌다.

이런 상황에서 뭘 하는 거냐고 외치고 싶었지만 게인이 일부러 쏟은 게 아니었다.

말로 형용하기 힘든 모습을 한 그 몬스터가 배낭을 찢은 것이다.

이대로는 게인이 몬스터에게 희생될 거란 사실을 눈치챈 우리는 걸음을 멈췄다.

시꺼먼 어둠 속에서 뭔가를 질질 끄는 소리가 들렸다.

땅을 기고 있는데도 기묘하게 재빠른 몬스터였다.

그 녀석이 랜턴 불빛이 닿는 곳에 모습을 드러내기 전에—.

"결국 따라잡힌 거냐! 어쩔 수 없지! 스텔라, 마법을 준비해! 한 방 먹여서 움츠러든 틈에……."

길의 말과 함께—.

철퍽, 철퍽…… 하는 소리가 우리의 앞쪽에서 들렸다.

이 소리를 들은 길은 말을 멈춘 뒤 절망에 찬 표정을 지었고 다른 두 사람도 같은 표정을 지으며 이제 다 틀렸다고 중얼거렸다.

아아, 신이시여…….

부디 앞쪽에 나타난 몬스터가 사냥감을 가지고 놀다 죽이는 성질을 지니지 않았기를……!

"어서 오십시오! 위즈 마도구점, 던전 출장점입니다!"

………….

""""어.""""

그 어이없는 말이 갑작스럽게 들린 순간, 우리 넷은 그대로 굳어버렸다.

앞쪽에서 나타난 이는 가면을 쓴 남자였다.

그리고—.

그 사람은 그러니까, 뭐랄까, 기발하기 그지없는 복장을 하고 있었다.

랜턴에 비친 그 남자는 흰색 셔츠에 팔부바지, 샌들 차림이었다.

집 근처의 가게에 물건을 사러가는 중년 아저씨의 복장 같아 보였다…….

"이런 곳에서 만난 것도 인연이지요! 자, 던전에 꼭 필요한 물건이…… 으음?"

가면을 쓴 남자는 짊어지고 있던 보따리를 내려놓더니 우리의 뒤편을 쳐다보았다.

그 시선을 눈치챈 순간, 나는 그 녀석이 등 뒤까지 쫓아왔다는 사실을 떠올렸다.

"당신도 도망쳐! 그 녀석이, 그 녀석이 쫓아와……!"

"네로이드! 지옥 네로이드이지 않느냐! 어째서 이런 곳에 지옥 네로이드가 있는 거지?! 오오, 그래그래. 자, 이쪽으로 와라."

……지옥 네로이드?

느닷없이 나타난 그 남자는 내 경고를 무시하고 우리의 뒤편에서 나타난 그 녀석…… 지옥 네로이드란 녀석에게 거침없이 다가갔다.

지옥 네로이드라고 불린, 우리를 아까부터 쫓아왔던 그 무시무시한 생물은 가면을 쓴 남자가 손을 내밀자 어리광을 부리듯…….

와직.

"꺄아아아앗! 손이! 다, 당신, 소, 손이……!!"

"이, 이익, 이 몸의 손을 물어뜯지 마라! 이건 먹을 수 없는 거다! 빨리 뱉어서 이 몸에게 돌려다오! 자, 퉤! 빨리……! 빨리…… 『바닐식 파괴광선』!"

팔을 물린 그 남자가 고함을 지른 순간, 그의 오른손에서 눈부신 빛이 뿜어져 나왔다.

방출된 빛은 지옥 네로이드에게 꽂히더니 그대로 폭발하며 산산조각을 냈다.

우리가 고전한 저 몬스터를 이렇게 간단히 해치운 남자가 물어뜯긴 팔의 끝부분을 주위에 흩어진 네로이드를 향해 뻗자, 마치 시간이 되감기는 것처럼 네로이드의 잔해를 통해 팔이 재생됐다.

그 말도 안 되는 광경과 방금 보여준 실력으로 저 자가 인간이 아니란 사실은 바로 이해했다.

하지만—.

"정말 버릇 나쁜 네로이드구나. 아마 주인 없는 네로이드겠지. 하지만 지옥에만 있는 애완동물이 왜 이런 곳에 있는 거지……. 이 던전의 마소가 너무 강해서 지옥과 이어진 바람에 이곳에 오고 만 건가?"

가면을 쓴 남자는 그렇게 말한 뒤 고민에 잠겼다.

적어도 인간이 아닌 이 남자 덕분에 목숨을 구한 건 틀림없는 사실이다.

아직 상황을 파악하지 못한 다른 세 사람을 대신해, 고맙다는 말이라도 해둬야 할 것이다.

하지만 가면을 쓴 남자는 내가 입을 열기도 전에 짊어지고 있던 보따리를 내려놓더니—.

"어이쿠. 뭐, 네로이드 따윈 아무래도 상관없지. 손님, 던전 공략에 필요한 물품을 잔뜩 가지고 왔습니다! 던전 출장 특별 가격이라 비싸기는 하지만, 일단 구경이라도 하시죠!"

—라고 말하면서 그 보따리를 풀어 내용물을 보여줬다.

"결계석! 1회용 결계석이잖아! 미안한데, 이걸 우리한테 넘겨줘! 던전 가격은 얼마지?"

"약과 포션도……! 사, 살았어……! 12층으로 이어지는 계단도 이 앞에 있으니까, 이것들만 있으면 무사히 지상으로 돌아갈 수 있어!"

"식량도 있네! 아까 그 몬스터가 식량이 든 짐까지 먹어치웠는데……! 살았어……, 진짜로 살았다고……!"

동료들은 가면을 쓴 남자가 펼친 보따리 안의 내용물을 보더니 필요한 것들을 사기 시작했다.

이 사람은 대체 뭘까.

"이용해주셔서 감사합니다! 후하하하, 이 가게를 차리고 이렇게 장사가 잘 된 건 처음이구나! 앞으로도 던전 출장점 운영을 고려해봐야겠군!"

……이 사람은 대체 뭘까.

상품이 팔려서 좋아 죽겠다는 듯이 웃음을 터뜨리고 있는 이 사람은…….

바람처럼 나타나서 궁지에 처한 우리를 구해준 이 사람은…….

마치—.

"……혹시 신……."

"아무리 손님이라도 이 몸을 신이라고 부르다니, 정말 무례하구나."

"앗! 죄, 죄송합니다……!"

그는 신이라는 말을 듣고 벌컥 화를 냈다.

분명 신앙심이 깊은 사람일 것이다. 자신이 신과 비교되는 것 자체를 불경하다 여긴 것이리라.

"물건을 전부 사주셔서 감사합니다, 손님."

"아, 아니! 우, 우리야말로 고마워……! 당신이 없었으면 전멸했을 거야. 덕분에 살았어. 정말 고마워!"

가면을 쓴 남자가 상품이 다 팔려서 만족한 말투로 그렇게 말했고 길은 허둥지둥 고맙다는 말을 했다.

그는 자리에서 일어나더니—.

“아니, 손님들이 무사해서 다행이다. 그럼 이 몸은 이제 실례하지! 앞으로도 이용해주시길~!”

그렇게 말한 그는 랜턴조차 들지 않은 채 샌들 소리를 내면서 불빛 한 점 없는 어둠 속으로 사라졌다.

남겨진 우리는 잠시 동안 침묵에 잠겼고 이윽고 누군가가 입을 열었다.

“방금 그 남자는 대체 뭐였을까…….”

이름도 밝히지 않고 사라진 저 사람은 이 던전에 사는 요정 같은 걸까?

아니, 역시 나에게 있어서 저 사람은—.

“이름 모를 신이시여, 진심으로 감사드립니다……!”

3

“저 레어 몬스터는 무슨 목적으로 이런 던전 안을 쏘다니고 있는 거야? 밥도 먹었으니 슬슬 출발하고 싶은데.”

“바닐 씨가 저렇게 괴상한 옷차림을 하고 있으니 레어 몬스터 같은 느낌이기는 하네요. 아무래도 저 옷이 마음에 든 것 같은데……. 모험가 분들과 마주쳐서 공격을 받는 건 아닌지 걱정되는군요……."

내가 식사를 하기 위해 잠시 쉬고 있을 때 바닐이 어딘가에 가버렸다.

간이 결계 안에서는 마음 놓고 쉴 수 있다지만 그래도 던전 안이라 영 불안했다.

저 기묘한 레어 몬스터가 곁에 있으면 그나마 마음이 놓일 텐데 말이다.

위즈는 자신이 창조한 드래곤 좀비의 턱을 매만지며 이렇게 말했다.

"그런데, 진짜로 어디에 가버린 걸까요. 다른 몬스터가 몰려올지도 모르지만, 그래도 고함을 질러서 불러볼까……요……?"

말을 잇던 위즈는 갑자기 말끝을 흐렸다.

위즈는 통로 앞쪽을 지그시 쳐다보고 있었다.

그래서 나도 덩달아 그쪽을 쳐다보니—.

"……몬스터…… 맞지……? 응……?"

"예. 이런 던전에 평범한 여자애가 있을 리가 없으니까요……."

통로 모퉁이에서 금발 여자애가 얼굴을 쏙 내밀고 우리를 쳐다보고 있었다.

이런 던전 안에 평범한 여자애가 있을 리가 없다.

하지만—.

"이상하네. 적 탐지 스킬이 반응을 안 해. 저 애한테 적의

가 없기 때문일까? 하지만 나이로 볼 때 모험가 같지는 않아 보이는데…….”

“적의가 없나요? 그건 그렇고, 저 애는 어떤 몬스터일까요? 고스트는 아니고, 도플갱어라면 저렇게 저희를 힐끔힐끔 쳐다보지는 않을 텐데요…….”

적 탐지 스킬은 저 여자애에게 반응하지 않았다.

나와 위즈는 경계심을 풀지 않은 채 저 여자애에 관해 낮은 목소리로 이야기를 나눴다.

바로 그때, 그 여자애는 고개를 갸웃거렸다.

“오빠와 언니는 나쁜 모험가야? 아니면 좋은 모험가야?”

나와 위즈는 그 말을 듣고 서로를 쳐다보았다.

“……굳이 따지자면 좋은 모험가야.”

“저는 모험가가 아니지만, 나쁜 언니는 아닐 거라고 생각해요.”

떨어진 곳에서 힐끔힐끔 쳐다보고 있는 여자애를 향해 나와 위즈는 경계심을 풀지 않고 그렇게 대꾸했다.

그러자 그 여자애는 환한 미소를 짓더니—.

“다행이야. 내 이름은 아마릴리스라고 해! 나와 이야기를 나누지 않을래? 이 던전을 혼자서 계속 헤맸더니 쓸쓸해.”

배시시 웃으며 그런 말을 했다.

“……이야기를 나누는 건 좋은데, 아마릴리스는 왜 혼자서 이 던전에 있는 거야? 아니, 그것보다……. 으음, 아마릴리스는 인간이 맞아?"

내가 머뭇거리면서 아마릴리스에게 묻자 그녀는 안타까운 표정을 지었다.

"……지금은 인간이 아냐. 나를 길러준 아저씨가 마법사였거든? 마법 연구를 위해 나를 키메라로 만들었어. 그리고 나는 마을에 있을 수 없는 모습이 되었으니까, 이 던전에 숨어있으래. 나를 고치는 연구가 끝나면 데리러 오겠다고 했어. 그래서 그때까지 이 던전에 숨어있는 거야."

그런 불우하기 그지없는 이야기를 들은 나와 위즈는 입을 꾹 다물었다.

"으음……. 그 아저씨와는 어떤 사이야? 부모님은 어디 가셨어?"

"아빠와 엄마는 죽었어. 아저씨가 나를 샀다고 했어. 나한테 밥을 주는, 참 좋은 사람이야!"

……이 던전에 숨어 있으라고 말한 그 마법사 아저씨는 이 애를 구할 생각이 없을 것이다.

부모님을 잃은 이 아이를 마법 실험용으로 샀고 이용한 후에 이 던전에 버린 것이다.

말로 형용할 수 없는 무거운 분위기가 감도는 가운데—.

"그럼 이 언니가 고쳐줄게요! 이래 봬도 이 언니는 대단한 마법사랍니다. 옛날 지인 중에는 키메라도 있으니까, 분명 고칠 수 있을 거예요!"

위즈는 갑자기 그런 말을 하면서 저 아이를 안심시키려는 듯 미소를 지었다.

……대단해. 지금까지 리치를 얕봐서 정말 미안해.

"저, 정말이야? 진짜로 나를 원래대로 되돌릴 수 있는 거야?"

"예. 물론이죠. 그러니까 무서워하지 말고 이쪽으로 오세요. 이 드래곤 좀비는 언니의 친구랍니다."

위즈가 상냥한 어조로 그렇게 말했지만 아마릴리스는 여전히 망설였다.

"하지만 언니는 내 몸을 보고도 무서워하지 않을 거야? 기분 나빠 하지 않을 거야?"

그리고 불안에 사로잡힌 채 그렇게 중얼거렸다.

"걱정하지 마세요. 이 언니는 괴물과도 친구로 지내거든요. 자, 걱정하지 말고, 이쪽으로……."

위즈는 그렇게 말했으나 모습을 드러낸 아마릴리스를 보더니 경악했다.

나는 위즈의 옆에서 오줌을 지릴 듯한 심정으로 침을 삼켰다.

아마릴리스의 머리는 거미의 몸에 달려 있었다.

아마릴리스는 거미의 다리를 놀리면서 생각보다 빠른 속

도로 우리에게 육박했다.

"언니~!"

"끼아앗~!"

"자자자, 잠깐만! 아아아, 아마릴리스 양, 잠깐만 기다려! 이 언니한테 마음을 진정시킬 시간을 주렴! 응?!"

내가 비명을 지르며 위즈의 등 뒤에 숨은 가운데, 위즈는 울상을 지으면서 아마릴리스를 향해 그렇게 말했다.

"언니, 왜 그래? 언니, 왜 그러는 거야? 아까 말했잖아! 무서워하지 않을 거라며! 고쳐준다고 말했잖아! 거짓말이었어?!"

그렇게 외친 아마릴리스의 머리카락이 흐트러지더니 고개를 세차게 흔들며 우리에게 다가왔다.

무, 무서워! 완전 호러네!

"아가씨, 진정해! 자, 이 오빠가 사탕을 줄게!"

"괘괘괘괘, 괜찮아! 이 언니는 무서워하는 게 아냐! 그리고 꼭 고쳐줄 테니까, 잠시만 진정하렴! 기다려, 기다려, 기다려주세요오오오오! 바닐 씨, 바닐 씨, 바닐 씨이이이!"

"끄아아아아! 나는 어린애를 좋아하지만, 아가씨는 좀 가만히 있어봐아아아아아!"

울먹거리고 있는 나와 위즈가 부들부들 떨면서 서로를 부둥켜안았을 때—.

"시끄럽구나. 왜 이렇게 떠들고 있는 거냐? ……음? 그대는 아마릴리스 님인가?"

우리 뒤편에서 바닐의 목소리가 들렸다.

아마릴리스는 바닐의 목소리를 듣고 움직임을 멈췄다.

"어? 그 아름다운 가면을 쓴 분은 혹시 바닐 님이신가요? 이런 던전의 깊은 곳에서 만나다니, 기묘한 우연도 다 있군요."

"""…………어?"""

울먹거리며 서로를 부둥켜안은 나와 위즈는 머뭇거린 뒤 바닐을 돌아보았다.

"아마릴리스 님은 여전히 자기 취향에 적합한 모습을 하고 계시군. 공포의 악감정을 맛보고 계신데 이런 말을 해서 미안하지만, 이 두 사람은 이 몸의 일행이지."

"그랬군요. 실례했습니다. 실은 스테스키란 이름의 제 애완 지옥 네로이드가 탈주해서 말이죠. 쫓아와보니 마소가 짙은 이 던전과 지옥의 일부가 이어져 있었던지라……. 저도 이곳에 와서 스테스키를 찾다 이 두 사람을 발견하고 악감정을 맛볼까 해서……."

잠깐만 있어봐.

"뭐야? 이 아마릴리스란 키메라는 혹시 악마야? 그럼 마법 실험에 이용당해 키메라가 됐다는 이야기는……."

"아, 새빨간 거짓말입니다. 저는 공포의 악감정을 좋아해서, 이 모습을 즐겨……. 어이쿠, 이 짜증과 분노의 악감정은 바닐 님의 선호하시는 거죠. 저는 사양하겠습니다."

……악마는 정말 싫어.

4

"그럼 저는 이만 실례하죠. 애완동물인 스테스키를 찾으러 가야…… 아, 맞다. 바닐 님! 당신의 내다보는 힘으로 저의 애완동물이 어디 있는지……."

"어이쿠, 우리도 이만 가봐야겠군. 그럼 아마릴리스 님! 언젠가 지옥에서 다시 만나도록 하지!"

"……아, 예……."

바닐은 퉁명한 어조로 그렇게 말했고 아마릴리스는 우리에게 인사를 한 후에 거미 모양의 몸을 꿈틀거리며 통로 너머로 사라졌다.

"으……. 으흑……. 훌쩍……. 개조된 키메라가 아니라 다행이지만……. 정말 다행이지만, 그래도 석연치 않아요……."

그 심정은 나도 이해가 된다.

그리고 아까는 까딱하면 오줌을 지릴 뻔 했다.

"언제까지 훌쩍대고 있을 것이냐. 자, 이제 그만 출발하자. 후하하하하! 그리고 기뻐하거라, 위즈! 소년에게 팔지 못했던 재고들을 전부 팔아치웠다! 앞으로도 짬이 나면 던전에서 장사를 하도록 할까!"

"……저는 악마족이 좀 싫어졌어요……."

"뭐?! 잠깐만, 저 녀석 하나 때문에 종족 전체를 판단하는 건 좀 그렇지 않느냐?"

—지하 15층—

"바닐 씨, 조금만요! 조금이면 돼요! 조금만이면 된다고요!"

"이러지 마라! 악마에게 마력은 힘의 원천이자 존재 그 자체란 말이다! 이, 이익, 드레인하려고 하지 마라! 마력이 부족하다면 다음에 마주친 몬스터한테서 빨아들이면 되지 않느냐!"

"던전에 있는 몬스터의 마력은 마소를 많이 빨아들여서 그런지 더부룩해서 소화가 잘 안 된다고요! 조금은 괜찮잖아요! 악마가 지닌 마력은 최고 품질의 마력이죠? 조금만! 진짜 조금만이면 돼요!"

"이, 이러지 마라! 이 몸의 가면을 만지지 말란 말이다! 그것보다 뭐가 어떻게 된 것이냐? 리치인 그대의 마력이 이렇게 빨리 바닥나다니. 아까부터 비정상적인 숫자의 몬스터가 몰려오고 있구나. 소년의 레벨업에는 도움이 되지만, 이렇게 많은 적과 마주칠 줄은……."

위즈와 바닐이 다투고 있을 때, 나는 주위의 몬스터를 경계하며 이렇게 말했다.

"그러고 보니 몬스터의 숫자가 엄청 많네. 지상과는 비교도 안 될 정도야. 나도 하루 만에 이렇게 레벨을 잔뜩 올릴 수 있을 거라고는 생각도 못했어."

나는 벌써 레벨을 두 번이나 리셋했고 세 번째 레벨업에 임하고 있다.

지상에서는 개구리 다섯 마리를 토벌하는데 한나절이 걸리지만 이 던전의 몬스터 조우 확률은 확실히 이상했다.

한편, 바닐에게서 드레인 터치로 마력을 빨아들이려 하던 위즈는 목에 걸고 있는 로사리오를 자랑하듯 보여줬다.

"그건 이 로사리오 덕분일 거예요! 이건 멋진 만남이 찾아오게 된다는 마법의 로사리오인데, 던전 안에 있는 몬스터까지 불러 모으는 것…… 아아아앗! 바닐 씨 안 돼요! 돌려주세요! 버리지 마세요!"

진짜, 이 사람이 들인 상품은 하나같이…….

"하아, 뭔가 이상하다 싶더니……! 다음에 마주친 몬스터를 이 몸이 잡고 있을 테니, 그 녀석한테서 마력을 흡수해라! ……그런데 그대는 그렇게 만남을 갈구하고 있는 것이냐? 이 몸의 지인 중에는 머리가 좀 모자라지만 외모는 반듯한 악마가 있다. 애정이 깊은 녀석이지. 이세계에서 온 맥스웰이란 악마인데, 소개해줄까?"

로사리오를 되찾으려던 위즈는 그 말에 관심이 가는 반응을 보였다.

"……애정이 깊고 외모는 반듯한 분인가요……. 애정이 깊고 상냥하기만 하다면, 얼굴은 딱히 따지지 않지만……. 머리가 모자라다는 건 어느 정도인가요? 계산을 잘 못하나요?"

"뒤통수가 아예 없다."

"싫어요! 물리적으로 머리가 없는 거예요?! 그러고 보니 악마한테는 성별 자체가 없잖아요!"

시끌벅적하게 떠드는 이 두 사람을 보고 있으니 이곳이 위험한 던전이라는 사실을 망각할 것만 같네…….

—지하 17층—

시간이 얼마나 흘렀을까.

우리는 현재 두 번째 휴식 중이고 항상 긴장 상태를 유지해야 하는 이 던전에서는 시간이 얼마나 흘렀는지 잘 알 수 없었다.

바닐한테서 산 피로 회복 포션을 마신 덕분에 몸은 피곤하지 않지만 머릿속이 멍해지는 것 같았다.

"……음? 슬슬 졸리기 시작한 것이냐? 무리도 아니지. 지상에서는 하루 이상 지났을 테니까. 자, 이 포션을 마셔라. 그럼 졸음이 사라질 것이다. 머릿속이 개운해지는 한 방 각성 포션이지."

"바닐 씨, 그걸 가지고 온 거예요?! 그건 부작용이, 우읍!"

무슨 말을 하려던 위즈가 바닐에게 입이 막히는 광경을 본 나는 건네받은 포션을 마실지 말지 머뭇거렸다.

"졸음이 사라지는 각성 포션은 뭐로 만드는 거야? 중독성은 없는 거지?"

"그런 건 없다. 운이 좋은 네놈은 부작용도 겪지 않겠지. ……음, 보인다. 보여. 포션을 마시고 힘차게 뛰어다니는 네놈의 미래가 말이다."

"아까처럼 진짜로 무사했구나, 같은 소리로 나를 놀래주려는 건 아니지?"

나는 미심쩍어 하면서도 던전의 차가운 바닥에 앉아서 포션을 홀짝였다.

"스킬 포인트를 꽤 모았네. 슬슬 돌아가도 괜찮지 않을까? 우리의 목적은 레벨을 올리는 거지, 던전을 공략하는 건 아니잖아."

내가 그렇게 말하자 위즈는 바닐의 손을 입에서 떼어내고 외쳤다.

"당치도 않아요! 여기까지 왔으니, 끝까지 공략하도록 해요! 이런 던전의 최심부에 있는 보스의 방에는 금은보화와 함께 강력한 장비가 잠들어 있고는 해요! 마왕 씨와 싸울 거라면, 그런 장비가 분명 도움이 될 거예요."

……마, 마왕…….

"아니, 마왕과 진짜로 싸울지는 아직 망설이고 있어. …… 그것보다, 두 사람은 마왕과 아는 사이지? 우리가 마왕을 해치워도 괜찮은 거야?"

일단 이 두 사람은 한때 마왕군 간부였고 마왕과 나름 친분도 쌓았을 것이다.

하지만 위즈와 바닐은 서로의 얼굴을 쳐다본 후 이렇게 말했다.

“마왕은 마지막에 토벌당하는 것까지가 자신의 소임이니까요.”

“그렇지. 인류를 찔끔찔끔 괴롭히다, 마지막에 용감한 모험가와 화려하게 싸운 후, 장렬하게 산화한다. 마왕이란 존재는 그런 것이지. 게다가 그 녀석도 나이를 꽤 먹었거든. 마왕답게 화려한 최후를 맞이하고 딸에게 마왕 자리를 물려주고 싶은 걸 거다.”

마족의 생각이란 건 좀처럼 알다가도 모르겠다.

그러고 보니 이 악마도 던전을 만드는 것이 최종목적이 아니라, 모험가에게 토벌당해 소멸하면서 자신을 해치운 모험가들이 헛물을 켜고 분통을 터뜨리며 뿜는 악감정을 최후의 순간에 맛보고 싶다는 꿈을 가지고 있었다.

그들에게는 그들 나름의 사고방식과 미학이 있는 걸지도 모른다.

마음만 먹으면 세계를 지배할 수 있을 정도의 절대적인 힘을 지녔지만 모험가가 되는 게 아니라 신발가게나 옷가게 주인 혹은 백수로 사는 아크 위저드 집단이 있는 것처럼 말이다.

이 세계의 주민 중에는 괴짜가 많다는 건 알고 있었지만—.

"마왕도 나이가 많나 보네. 그래도 마왕이니까 마왕군 안에서 가장 강하지? ……혹시 나도 어찌어찌 이길 수 있을 만큼 쇠약해진 거 아냐?"

"마왕군 안에서 가장 강한 건 아니다. 아마 힘은 딸이 더 강할 테지. 네놈이 이길 수 있을지는 나도 모르겠지만, 아직 오거의 머리를 맨손으로 으스러뜨릴 수 있을 정도로 건강하다."

그런가요.

하긴, 세상이 만만할 리가 없죠.

"너희 세계는 힘이 전부라고 생각했는데, 그렇지도 않구나. 단순하게, 가장 강한 녀석이 마왕! 같은 건 줄 알았어."

"우리가 하나같이 뇌가 근육으로 된 놈들이라고 생각한 것이냐? 아니면 네놈이 있던 나라에서는 가장 강한 자가 지도자가 되는 것이냐? 네놈은 모르겠지만, 대대로 마왕은……. 괴짜 천지인 마왕군 간부를 통솔할 카리스마, 부하들에게 얕보이지 않을 힘. 그리고 어느 정도 머리가 돌아가야 하지. 특히 마왕군 간부를 통솔할 카리스마라는 게 가장 중요하다."

"너나 위즈를 보면, 제대로 통솔하고 있는 것 같지 않은데."

자유분방한 이 녀석을 보니 어쩌면 마왕도 꽤 고생하고 있는 게 아닐까, 라는 생각이 들었다.

바닐은 휴식을 충분히 취했는지를 묻고 몸을 일으켰다.

"아무튼, 약해빠진 네놈이 어찌어찌 마왕에게 저항할 수 있게 해주는 장비가 이 던전에 있으면 좋겠구나. 이 몸은 돈이 될 만한 재보를 원하지만 말이다! 기다려라, 이 던전의 주인이여. 네 녀석의 보물을 이 몸께서 전부 차지해주마! 후하하하하하!"

이 녀석과 같이 있으니까 모험가가 아니라 주거 침입 강도가 된 느낌이 들었다.

"그러고 보니 카즈마 씨는 어떤 스킬을 익힐 생각인가요? 이 던전에서 돌아갈 때는 제가 텔레포트를 가르쳐 드릴게요."

텔레포트!

텔레포트는 익히고 싶다. 다양한 방식으로 활용할 수 있을 것 같다.

예를 들자면—.

"텔레포트와 빛의 굴절마법 같은 마법을 악용한 범죄를 저지르면, 일반적인 범죄를 저질렀을 때보다 더 큰 벌을 받게 되지."

"……읏?! 나나나, 나는 아직 아무 말도 안 했거든?! 텔레포트라면 다양한 방식으로 활용할 수 있을 것 같다고 생각했을 뿐이야! 텔레포트를 익혀두면 마왕성에 쳐들어갔다가 위기에 처하더라도 바로 도망칠 수 있잖아!"

"……성이 결계에 뒤덮여 있는 상태에서 텔레포트를 써봤자 무효화될 거다. 그것보다, 이 몸의 스킬을 익힐 생각은 없느냐? 살인광선과 눈에서 빔 같은 것 말이다."

"……살인광선을 인간인 내가 썼다간……."

"물론 죽는다. 하지만 생각해봐라. 필살기를 쓰는 순간, 시전자도 느닷없이 죽는 것이다. 상대방도 놀라겠지. 그야말로 목숨을 건 개인기라고 할 수 있지."

"나는 어디 사는 여신처럼, 개인기에 내 모든 걸 바칠 생각은 없다고!"

5

―지하 18층―

"『바닐식 살인광선』! 『바닐식 살인광선』! 바닐식…… 이익, 숫자가 너무 많구나! 위즈, 네가 어떻게 좀 해봐라! 이제 다 귀찮다! 그냥 폭렬마법으로 쓸어버려라!"

"이, 이런 곳에서 폭렬마법을 쓸 수는 없어요! 던전이 무너지기라도 했다간……, 앗! 꺄아, 제가 만든 드래곤 좀비들이 미노타우로스 무리에게 당하고 있어요!"

"우오오오?! 어이, 이쪽으로 오잖아! 몬스터가 이쪽으로 몰려온다고오오오오!"

느닷없이 엄청난 위기에 처했다.

계단을 내려가 보니 그곳은 몬스터 하우스였다.

바닐과 위즈가 전부 저지하지 못할 정도의 숫자였다. 결국 내 쪽으로도 미노타우로스 한 마리가—.

"음메에에에에에엣!"

"히익!"

내가 허둥지둥 머리를 숙이자 미노타우로스의 도끼가 내 머리에서 몇 센티미터 떨어진 곳을 가르고 지나갔다.

한순간만 늦었어도 목이 날아가고 말았을 것이다.

아쿠아가 없으니 죽으면 그대로 아웃이다.

큰일 났다! 던전 무서워! 아니, 몬스터가 무서워! 심장이 터질 듯이 뛰고 있다고!

그래. 원래 전투에서 죽으면 그걸로 끝이다.

나는 이제야 아쿠아가 얼마나 고마운 존재인지 깨달았다.

그 녀석을 데리고 이 세계에 처음 왔을 때는 미래의 너구리형 로봇을 희망했더니 4차원 포켓은 따로 파는 것이었다, 같은 사기 피해를 당한 느낌이었다. 그래도 다음에 만나면 좀 상냥하게 대해줘야겠다.

바닐과 위즈도 대량의 몬스터를 제압하느라 정신이 없는 것 같았다.

내 몸집의 몇 배는 될 듯한 소머리 거인을 올려다보며 나는 엉거주춤한 자세로 칼을 뽑아들었다.

"젠장, 이제 와서 아쿠아가 얼마나 고마운 존재인지 깨달은 거냐고! 여기서 죽을 수는 없어! 아쿠아를 데리고 돌아와서, 재미있고, 즐거우며, 퇴폐적인 생활을 할 거야! 대낮부터 술을 퍼마시면서 데굴거리고, 밤놀이 하고, 다 같이 여행이라도 가야지! 나는 모험가지만, 아직 이 세계를 제대로 여행해보지는 못했다고!"

내 말을 들은 위즈가 이렇게 외쳤다.

"꺄아! 바닐 씨, 들었죠? 카즈마 씨가 드디어 진심을 털어놨어요! 위기 상황에서 자신의 진짜 마음을 깨닫다니, 정말 로맨틱, 아얏?!"

영문 모를 소리를 늘어놓으며 몸을 배배 꼬던 위즈는 미노타우로스의 도끼에 머리를 강타 당했다.

"어, 위즈?!"

미노타우로스와 대치한 상태에서 힐끔 쳐다보니 방금 두들겨 맞고 날아갔던 위즈가 아무 일도 없었다는 듯 벌떡 일어났다.

"이렇게 되면 반드시 카즈마 씨와 아쿠아 님을 재회하게 해서, 서로를 향한 사랑을 확인하게 해줘야겠어요! 바닐 씨, 대량의 마력을 쓸 거니까 이 전투가 끝난 후에 마력 보충을 부탁드려요!"

단단히 착각에 빠진 위즈는 주위에 있는 미노타우로스의 공격을 개의치 않고 마법을 영창하기 시작했다.

리치에게는 마력이 담긴 공격만 통한다지만 옆에서 보니 정말 엄청난 광경이었다.

내 옆에서는 드래곤 좀비 세 마리가 미노타우로스 무리와 정면대결을 펼치고 있었다. 바닐은 쓰러뜨린 미노타우로스의 피로 바닥에 뭔가를 그리고 있었다.

"음메에에에에에에에에!"

"더, 덤벼어어어어어엇!"

대치하고 있던 미노타우로스가 울음소리를 내며 도끼를 치켜들었다.

나는 미노타우로스의 발치로 뛰어든 후 춘춘마루를 휘둘렀다.

하지만 근력이 빈약한 내 공격은 미노타우로스의 두꺼운 피부에 생채기만 겨우 냈다.

나는 현재 레벨 30이 넘었지만 내 공격을 맞고도 상대는 멀쩡했다!

하지만 표정이 얼어붙은 나를 향해 미노타우로스는 도끼를 휘두르지 못했다.

"『커스드 페트리팩션』!"

위즈가 영창한 마법의 효과인지, 나와 대치하고 있던 미노타우로스의 몸이 돌로 변했다.

그 마법은 내 눈앞에 있는 미노타우로스만이 아니라 주위에 있던 다른 몬스터도 휘감아 돌로 만들었다.

"후하하하하하하! 꽤 하는구나, 위즈! 이 몸도 가만히 있을 수야 없지……! 지옥의 공작 바닐이 명한다! 지옥에서 오거라, 나의 권속들이여!"

바닐이 웃음을 터뜨린 뒤 미노타우로스의 피로 그린 발치의 마법진을 향해 손을 뻗자 피에 젖은 마법진이 요사스러운 빛을 뿜더니—.

그 빛이 자아들 즈음에는 도깨비 같은 체구에 박쥐 날개를 지닌 전형적인 악마들이 모습을 드러냈다.

대량의 악마가 느닷없이 모습을 드러내서 미노타우로스를 비롯한 몬스터들이 겁을 먹고 도망치기 시작했다.

평소 장난스럽던 대악마의 진짜 실력을 본 내가 공포를—.

"바닐 님, 이게 무슨 일이에요. 바빠 죽겠는데 이렇게 느닷없이 저희를 소환하면 곤란하다고요……."

"맞아요. 영지를 내팽개치고 지상에서 놀아재끼는 바닐 님을 대신해, 저희는 필사적으로 일하고 있단 말이에요."

"그것보다 바닐 님, 옷차림이 그게 뭐죠? 지옥의 공작이나 되시는 분께서 그런…………."

악마들은 불만을 늘어놓기 시작했다.

저 녀석들은 겉모습이 하나같이 무시무시하지만 나는 하나도 무섭지 않았다.

—수많은 악마와 언데드 집단을 이끈 우리는 마치 진군이라도 하듯 던전 안을 나아갔다.

그 후로 모습을 드러낸 몬스터는 내가 검으로 어찌할 수 있는 수준의 상대가 아니었다.

수많은 아군에게 보호받고 있지 않았다면 눈만 마주쳐도 오줌을 지릴 수준의 거물들이 차례차례 나타났다.

위즈는 그런 몬스터들을 차례차례 언데드로 만들었고 병력이 더욱 팽창한 우리가 도달한 곳은…….

—지하 20층—

이곳은 이제까지 지나온 층과 느낌이 달랐고 벽 곳곳이 옅은 빛을 뿜고 있었다.

벽에 마법을 건 것일까. 아니면 빛이 나는 이끼를 심어둔 걸까.

이 층에 온 후로는 이상하게도 몬스터의 기척이 느껴지지 않았다.

이 던전의 주인 말고는 이 층에 들어오지 못하게 되어있는 걸지도 모른다.

우리는 던전 최심부에 있는 보스 방 앞에 섰다.

중후한 문은 게임 속 최종 보스의 방처럼 과장스러우면서도 흉흉한 장식이 되어 있었다.

이 앞에는 이 던전의 주인이 있다.

바닐과 위즈를 쳐다보고 고개를 끄덕인 나는 천천히 문을 밀어서 열었다.

그러자—.

"이곳에 도착하는 자가 있을 줄이야! 나의 던전을 공략해 여기까지 온 것은 칭찬해주마. 자, 여기까지 온 그대들의 힘! 언데드의 왕이자 영원한 생명을 지닌 존재! 뱀파이어의 진조(眞祖)이자 천년의 세월을 살아온, 이……! ……이…………."

방 중앙에는 호화로운 옥좌가 있었고 거기에 거만하게 앉아있던 던전 주인의 목소리는 점점 잦아들어가더니 결국 입을 다물었다.

내 뒤편에 있는 이들을 봤기 때문이리라.

"어머나, 언제부터 뱀파이어가 리치를 제쳐놓고 언데드의 왕이 된 거죠? 여기까지 오느라 정말 고생했답니다. 우후후후, 아하하하하하!"

이곳까지 오면서 대량의 마법을 연이어 쓰고, 수많은 몬스터한테서 피치 못하게 마력을 흡수해야 했던 위즈는 울먹거리며 메마른 목소리로 웃음을 터뜨렸다.

"후하하하하! 후하하하하하! 후하하하하하핫! 이야, 용케도 이렇게 거창한 던전을 만들었구나! 겨우 천 년밖에 못 산 애송이가, 참 거만하게 구는걸! 후하하하하하하!"

마찬가지로, 이곳까지 오면서 대량의 마력을 소모하고 쉴 새 없이 광선을 쏴댄 바닐도 껄껄 웃기 시작했다.

내 앞에서 딱딱하게 굳어 있던 이 던전의 주인은―.

"……저기, 차라도 내오겠습니다. 그, 그걸 마시면서 용건을 말씀해……주시죠……."

금방이라도 눈물이 뚝뚝 흘러내릴 듯한 표정을 하고 필사

적으로 미소를 짓고 있었다.

……부, 불쌍해…….

6

"후하하하하하하! 후하하하하하하하!"

"앗, 이 강력한 마력은 전설급이에요! 이건 전설급의 힘을 지닌 마도구가 틀림없어요!"

던전 보스의 방 안쪽에서는 바닐과 위즈가 흥분한 목소리로 보물을 뒤지고 있었다.

나와 뱀파이어는 차를 마시며 그 모습을 멀뚱멀뚱 쳐다보고 있었다.

"저기……. 제 동행의 실례를 대신 사과드릴게요."

"아뇨. 저야말로 뱀파이어 같은 남의 피나 빨아먹는 모기 유충 따위가, 이렇게 거창한 던전을 가지고 있어서 죄송합니다. 여러분이 돌아간 후에는 고향인 시골로 돌아가서 토마토나 기르며 조용히 여생을 보내겠어요."

시골에서 토마토나 기르는 뱀파이어 진조인가.

햇빛을 질색하는 뱀파이어가 농작업을 한다는 것도 무시무시한 일이지만, 뭐—.

"그래요. 그 편이 나을지도 모르겠네요. 그러면 이런 일을 겪지 않아도 될 테니까요."

"예. 이런 무시무시한 일을 겪을 바에야, 은거해서 느긋하게 사는 편이 낫죠. 천 년 동안 살아왔지만, 수많은 악마와 언데드 무리에게 포위당하는 날이 올 줄은 꿈에도 몰랐습니다. 게다가 최상위 언데드인 리치, 그리고 저보다 훨씬 오랫동안 존재한 대악마마저 나타났으니까요. 소멸되지 않은 것만으로도 다행이라고 여겨야겠죠."

천년 동안 살아온 뱀파이어의 진조는 그렇게 말하더니 달관한 눈길로 바닐과 위즈를 쳐다보며 차를 홀짝였다.

"후하하하하하, 어마어마한 금은보화구나! 소년이 매입해줄 그것의 매상과 이 보물을 원금 삼아, 대대적인 장사를 시작해보도록 할까! 그래, 카지노다! 위즈, 이 돈으로 카지노를 만들자! 카지노 대국 엘로드를 능가하는 거대한 카지노를 만드는 거다!"

"아아아아! 보세요, 바닐 씨! 마력이 넘쳐흐르는 이 물건 좀 보라고요! 효과는 확실치 않지만, 세상을 뒤엎고도 남을 힘을 지녔을 게 틀림없어요……!"

물욕에 사로잡혀 보물을 뒤지고 있는 저 두 사람보다, 기품 있게 차를 홀짝이고 있는 이 뱀파이어 분이 훨씬 거물 몬스터 같은 건 어째서일까.

뱀파이어가 항복을 한 후에 드래곤 좀비들은 성불시켰고 바닐의 부하들도 돌려보냈다.

우리가 잡담을 나누는 사이, 바닐과 위즈는 목숨만 살려달라며 뱀파이어가 내놓은 보물들을 보따리에 싸기 시작했다.

"으음! 큰일이군. 보물의 양이 너무 많다! 이래서야 전부 가져갈 수가 없겠는걸!"

"그것 참 난처하네요, 바닐 씨. 어떻게 하죠? 여기 있는 물건에서는 하나같이 강력한 마력이 느껴져요. 가능하면 전부 가져가고 싶어요……."

두 사람이 그런 이야기를 하면서 뱀파이어 쪽을 힐끔 쳐다보았다.

저, 저 자식들, 보물을 강탈하는 걸로 모자라 옮기는 것도 돕게 하려는 건가.

"내가 위즈에게 텔레포트를 배우고 던전 최하층을 전송 장소로 등록하는 것으로 합의하자. 어때?"

바닐과 위즈는 내 말에 만족한 건지 뭔가를 가지고 나에게 왔다.

그것은 딱 봐도 강력해 보이는 한 자루 검과 칠흑색 전신 갑옷이었다.

"소년, 이걸 가지고 가라. 이 보물들 중에서 가장 강력한 마검이다. 팔면 한몫 챙길 수 있겠지만, 지금은 네놈이 사용하는 편이 낫겠지."

"이 갑옷도 제가 보기에 상당한 물건 같아요. 강한 마력도 느껴지니까, 이걸 걸치면 마왕 씨의 성에 있는 자들도 충분히 상대할 수 있을 거예요."

두 사람은 그렇게 말하고 엄청 비싸 보이는 장비를 아낌없이 나에게 건네줬다.

이러쿵저러쿵하면서도 나를 걱정해주는 걸까.

나는 약간 멋쩍은 느낌을 받고 갑옷을 걸쳤—.

"……무거워서 움직일 수가 없거든?"

갑옷 토시 하나만 착용했을 뿐인데 나는 꼼짝도 할 수 없었다.

잠깐만, 이상하잖아.

아무리 빈약한 최약체 직업이라 해도 이 던전에서 몇 번이나 레벨을 리셋하며 단련을 한 나는 현재 레벨이 30 이상이었다.

예전에 장비를 새롭게 맞췄을 때와 달리, 지금은 근력도 상당히 강해졌을 텐데…….

"아, 그 갑옷은 크루세이더 한정 장비예요. 그리고 그 마검도 소드 마스터만 사용할 수 있죠."

이름 모를 뱀파이어가 그런 말을 했다.

아니, 한정 장비가 뭐냐고. 최약체 직업은 전설급 장비를 쓸 수도 없다는 거냐?

"저기, 강력한 모험가용 장비 같은 건 없나요?"

"죄, 죄송합니다. 모험가는 아무도 되고 싶어 하지 않는 데다, 모험가용으로 강력한 무기나 방어구를 만드는 장인도 없어서……. 적어도 저는 그런 장비를 보유하고 있지 않습니다……."

바닐은 나와 뱀파이어의 대화를 듣더니 웃음을 터뜨렸다.

"후하하하하하, 푸~핫핫핫! 아무리 용을 써도 영웅이 되지 못하는 소년이여, 잘 됐지 않느냐. 그것이야말로 네놈의 장점이다! 빈약한 장비와 닥치는 대로 익힌 수많은 스킬! 그것들로 마왕 녀석과 싸워서 이긴다면, 분명 네놈은 대영웅이라 불리게 되겠지! 아아, 보이는구나! 네놈이 후세에 하렘 자식이니, 최강의 최약체 직업 같은 유쾌한 별명으로 불리는 미래가 말이다! 와~핫핫핫!"

마을에 돌아가서 쓸 만한 스킬을 익힌다면 우선 이 녀석부터 박살내주고 말겠다.

"젠장, 너무하네. 아, 그래도 크루세이더 장비구나. 시꺼멓고 흉흉한 느낌의 갑옷이지만, 다크니스에게 선물로 줘야겠네. 마법사용 지팡이 같은 건 없으려나?"

"마법사용 장비는 없군요. 아, 제가 지닌 이 반지는 소유자의 마법 위력을 강화시켜주는 힘을 지녔는데, 가지고 가시겠습니까?"

뱀파이어는 그렇게 말하며 착용하고 있던 반지를 빼려고 했지만 나는 말렸다.

"아, 아뇨. 괜찮아요. 왠지 탈탈 털어가는 것 같아서 좀 그렇거든요. ……미안하네요. 당신 입장에서는 강도가 쳐들어온 거나 다름없잖아요."

"아뇨. 던전은 침입을 당하기 위해 존재하는 거죠. 여기 있는 보물과 장비는 던전에 도전한 모험가의 물건이니 개의치 마시길. 하지만 이 반지는 생전부터 소중하게 여겼던 거라, 좀 안심했습니다."

뱀파이어가 그렇게 말하고 안도의 미소를 짓자—.

"마법의 위력을 증폭시켜주는 반지인가요……."

위즈는 손가락을 깨문 채 탐욕에 찬 눈길로 그 반지를 계속 쳐다보았다.

……저것만은 빼앗지 마.

7

텔레포트로 마을에 돌아와 보니 어느새 해가 졌다.

던전 안에서 하루 넘게 머물렀던 탓에 시간 감각이 헝클어진 것 같았다.

"이 시간에는 승합 마차도 운행을 하지 않겠지. 피로 회복용 포션과 각성 포션을 복용하기는 했지만, 급격한 레벨업과 장시간에 걸친 극도의 긴장상태, 그리고 하루 이상 전투를 치르느라 몸은 상당한 부담을 받았을 거다. 오늘은 푹 쉬는 게 좋을 거다. 내일 스킬을 익힌 후 그대로 여행을 떠나거라."

보물이 가득 든 보따리를 짊어졌을 뿐만 아니라, 양손에도 보물을 잔뜩 들고 있는 바닐이 그렇게 말했다.

나는 다크니스에게 선물로 줄 갑옷을 챙긴 후 바닐과 위즈에게 감사 인사를 했다.

"정말 고마워. 꼭 그 바보를 데리고 돌아올게."

"여신이 어찌 되든 우리와는 상관없다."

"상관있거든요?! ……카즈마 씨. 여차할 때는 저희도 몰래 이 마을을 지키는 걸 도울게요. 아쿠아 님이 돌아올 장소는 제가 지킬 테니, 마음 놓고 다녀오세요. 무사히 돌아온다면, 레벨업이든 뭐든 도와드릴게요."

그건 이제 사양하고 싶다.

솔직히 말해 그 던전은 너무 무서웠다.

강력한 몬스터들에게 포위당하자 생물 본연의 본능적인 공포 때문에 온몸이 사시나무 떨듯 떨렸다.

던전 자체가 나에게는 트라우마가 될 것 같았다.

"그 던전에는 보물이 아직 남아 있지. 소년이 떠나야만 한다는 건 알고 있으니, 남은 보물은 네놈이 돌아온 후에 회수하도록 할까. 그러니 꼭 살아서 돌아와라. 그 기나긴 던전의 최하층까지 걸어서 들어가는 건 사양하고 싶거든."

바닐다운 작별 인사였다.

"무사히 돌아오면 상급 마법을 세세하게 가르쳐줄게요. 그러니 무사히 돌아오세요!"

위즈는 상냥한 미소를 짓고 그렇게 말했다.

아까 텔레포트와 함께 상급 마법도 익히려고 했지만 습득할 수 없었다.

스킬 포인트 자체는 여유로워도 스킬 습득 란에 표시가 안 된 것이다.

단순히 이름만 외치면 발동되는 초급 마법…….

그리고 약간 복잡한 순서를 거쳐야 하는 중급 마법…….

거기까지는 풋내기 모험가라도 익힐 수 있으나 역시 상급 마법은—.

"상위의 마법은 각 마법에 따른 동작과 전용 영창, 그리고 마력의 흐름을 하나하나 정확하게 익혀야만 하니까요. 하루 아침에 익히는 건 무리일 거예요……. 앗! 그래도 폭렬마법이라면 메구밍 양과 함께 행동하며 오랫동안 매일같이 봐왔죠? 그러니……."

"그건 됐어."

애초에 폭렬마법을 익히더라도 마력이 부족해서 쓸 수 없었다.

마력이 넘쳐나는 홍마족이자 아크 위저드인 메구밍조차도 한 번 쓰고 나면 마력이 바닥나고 만다.

……하지만, 무사히 돌아오면 상급 마법을 익힐 수 있는

건가.

모습을 감추는 마법은 익히고 싶다. 진짜 탐이 난다.

물론 어디에 쓸지는 생각해두지 않았지만…….

“보인다. 미래가 보이는구나. 소년이 상급 마법을 익힌 후, 모습을 감추고 목욕탕에…….”

“그럼 오늘은 수고했어! 내일 여행을 떠나기 전에 가게에 들를게!”

막 간 잉여신 극장②

시간이 흘러, 어느새 해뜨기 전이 되었다.

"……마차 대기소는 이 근처였던 걸로 기억하는데, 어느새 다른 곳으로 이전한 걸까?"

옛날이야기에 빠져 심야 마차를 놓친 나는 마차 탑승장을 찾아 헤매고 있었다.

파티 안에서 가장 방향감각이 정상인 내가 길을 잃을 리 없다.

그렇다면 역시 대기소 장소가 바뀐 게 틀림없다.

그것도 그럴 것이, 내 동료들은 퀘스트 도중에 내가 잠시 눈을 떼기만 해도 셋 다 사라지는 것이다.

나를 쫓아오려고 한다면 틀림없이 길을 잃을 것이고 힘겨운 여행을 하게 되리라.

어떻게 할까. 역시 동료들이 어엿하게 자기 몫을 할 만큼 성장시킨 후에 여행을 떠나는 편이 좋을까.

내가 대기소를 찾아 어슬렁거리며 파티의 보호자 격으로서 동료들을 걱정하고 있을 때였다.

"……아쿠아 님? 그런 모습으로 대체 어디에 가시는 건가요?"

등 뒤에서 나에게 말을 건 이는 바로 나의 귀여운 신도인 세실리였다.

"이런 시간에 이런 곳에서 세실리를 우연히 만나게 될 줄은 몰랐어. ……아니, 이건 우연이 아닐 거야.”

그렇다. 역시 우수한 아쿠시즈 교도다.

이제부터 성전이 시작될 거라는 사실을 감지하고 이른 아침부터 이곳에 온 것이다.

“아뇨. 술집 폐점 시간이 지났는데도 돌아가기 싫다고 응석을 부리다보니, 어느새 이런 시간이 됐어요. 참고로 제가 술을 마시던 곳은 바로 저기예요.”

세실리가 그렇게 말하고 손가락으로 가리킨 곳은 나도 몇 번 가본 적이 있는 선술집이었다.

내 기억에 따르면 번화가에 있었는데 마차 대기소만이 아니라 이 가게도 어느새 이전을 한 것 같았다.

“그렇구나. 술을 마시다 보면 그럴 수도 있어. 나도 마지막 주문을 받는다는 말을 들으면 울컥 하거든. 그럴 때는 장기전 태세로 철저 항전을 하는 게 좋아. 하지만 그러다 보면, 연락을 받은 카즈마 씨가 나를 데리러 온다니깐.”

“맞아요. 역시 아쿠아 님은 뭘 좀 아시네요. 저도 기분 좋게 취할수록 더 마시고 싶은 거 있죠? 그래서 울컥한다니까요.”

역시 아쿠시즈 교도답게 나와 마음이 맞네.

“참고로 저 가게에서는 계산 안 해도 되니 다시는 오지 말아달라는 말을 들었어요…….”

“아하, 가게 주인이 츤데레인가 보네. 올바르고 선량한 아쿠시즈 교도가 출입 금지를 당할 리가 없는걸. 가게 주인은 츤데레가 틀림없어. 그러니 단골이 되어주도록 해."

"예, 아쿠아 님! ……그런데 아쿠아 님께서는 그런 모습으로 어디에 가시는 건가요……?"

내가 환한 미소를 짓자 세실리는 아까와 같은 질문을 던졌다.

"잘 들으렴, 신도 세실리. 나는 작금의 세상을 보고 탄식을 금할 수가 없어. 성실하게 사는 사람들이 악한 마왕 때문에 두려움에 떨고 있잖아. 그래서 내가 만악의 근원을 없애기로 결심했어!"

"뭐, 뭐라고요~?! 그 말은 아쿠아 님께서 직접 토벌을 하러 나서시겠다는 건가요? 메구땅은요?! 메구땅의 모습이 보이지 않는데요?! 아니, 메구밍 양과 카즈마 씨, 그리고 에리스 교도인 그 망할 크루세이더 씨는요?!"

우리 메구밍이 어느새 메구땅으로 진화한 점이 신경 쓰였지만—.

"이번 여행은 가혹하기 그지없을 거야. 약해빠진 그 세 사람은 이 여행에 참가하기엔 역부족이라고 판단했어. 그러니까…… 나 혼자서 마왕을 쓰러뜨리러 갈 거야!"

"가면 안 돼요……! ……아, 아쿠아 님. 불초 세실리의 생각입니다만, 그 세 사람도 데려가는 편이 좋지 않을까요. 안 그랬다간, 이기든 지든 설교를 들을 게 뻔해요."

이기든 지든 설교를 듣는다.

"……그, 그래? 나중에 괜찮은 여행 선물을 주면 봐주지 않을까?"

"아마 안 봐줄 거예요."

역시 마왕 토벌을 미뤄야겠다는 말이 목까지 올라왔으나 입 밖으로 나오지는 않았다.

세실리는 내 정체를 모르지만, 그래도 신도 앞에서 한심한 모습을 보일 수는 없거든.

"참고로 묻는 건데, 아쿠아 님께서는 이제부터 어떻게 하실 건가요?"

"으음, 우선 마차로 추운 지방에 갈 생각이야. 마왕성은 추운 장소에 있을 것 같잖아? 아마 북쪽에 있겠지?"

"알았어요, 아쿠아 님. 불초 세실리, 여행 도중까지 아쿠아 님과 함께 하겠어요."

역시 경건한 아쿠시즈 교도답게, 성전의 기운에 자극을 받은 것 같았다.

"그렇게까지 말하니 어쩔 수 없네. 세실리, 우리가 향하는 곳은 추운 지방이야."

"예, 아쿠아 님. 하지만 우선 마부 분에게 부탁해서 마왕성 방면으로 가자고 하죠. 그들은 프로니까요. 분명 옳은 방향으로 향해줄 거예요."

역시 세실리는 우수한걸.

이 애와는 오랫동안 알고 지냈으니 슬슬 내 정체를 밝혀도 괜찮을지도 몰라.

"역시 세실리는 대단해. 너한테는 상으로 내 진짜 정체를……."

"밝히지 마세요!"

어떻게 된 건지 세실리가 긴장한 표정으로 비명을 질렀다.

역시 겸허한 아쿠시즈 교도답게 욕심이 없네!

제3장 이 은둔형 백수에게 지금이야말로 치트를!

1

"다녀왔어~."

""어서와요!""

현관문을 열자 메구밍과 다크니스가 문 앞에서 나를 맞이했다.

두 사람 다 카펫 위에 앉아서 오랫동안 나를 기다린 것 같았다.

"무사히 돌아왔군요. 미궁 입구 근처에서 레벨 좀 높이고 돌아올 줄 알았는데, 하루가 넘게 돌아오지 않아서 걱정했어요."

"동감이다! 이래서 내가 방패삼아 따라가겠다고 한 거다. 앞으로는……. 음? 이게 뭐냐?"

메구밍은 나를 따뜻이 맞아줬고 다크니스는 나를 보자마자 잔소리를 했다.

그런 다크니스는 내가 내민 갑옷 세트를 어리둥절한 표정으로 쳐다보았다.

"선물이야. 강력한 크루세이더용 장비라고 해서 가지고 왔어."

"호오, 한정 장비인가요. 특정 직업만 장착이 가능한 장비 중에는 명품이 많죠. 카즈마가 쓸 장비는 찾지 못한 건가요?"

"그래. 모험가용 한정 장비 같은 건 수요가 없대."

메구밍과 그런 이야기를 나누고 있을 때 다크니스는 내가 내민 갑옷을 떨리는 손으로 넘겨받았다.

얼굴이 새빨개진 다크니스는 감격한 표정으로 그 갑옷을 꼭 끌어안더니—.

"……고맙다. 소중히 여기마."

짤막하면서도 감정이 어린 목소리로 나에게 고맙다고 말했다.

나는 장착할 수 없어서 어쩔 수 없이 준 거라는 말을 입에 담을 분위기가 아니었다.

"칠흑색 갑옷인가요. 다크니스라는 이름과도 어울릴 것 같네요."

"그래. 하지만 저런 모양의 갑옷을 장비하면, 왠지 마왕의 측근 같아 보일 것 같네."

"으……. 성기사가 검은색 갑옷을 장비하는 건 좀 그럴 것 같다만……. 뭐, 아름다운 갑옷이긴 하구나. 강력한 마법이 걸린 갑옷은 장비한 자의 몸에 맞도록 세세한 부분의 형태가 변하지. 아마 내가 장비하면 다소 기사다운 형태로 바뀔

거다."

다크니스는 거실 한가운데로 갑옷을 가지고 가더니 마른 천을 꺼내서 갑옷을 닦기 시작했다.

정성들여 갑옷을 닦고 있는 다크니스는 왠지 즐거워 보였다.

한편, 메구밍이 내 소매를 잡아당겼다.

"그런데, 제 선물은요?"

"어, 없습니다……."

—간단히 식사를 마친 후 목욕을 했다.

그리고 욕실에서 나와 보니 다크니스의 모습이 보이지 않았다.

갑옷이 꽤 마음에 든 것 같으니까 자기 방에서 입어보고 있는 걸지도 모른다.

늦은 시간인데도 잠옷이 아니라 검은색 원피스 차림인 메구밍은 내가 목욕을 마칠 때까지 기다렸는지 거실 소파에서 데굴거리고 있었다.

"나는 이제 잘 건데, 내일은 아마 많이 바쁠 거야. 그런 모습으로 어디에 가려는 건지 모르겠지만, 메구밍도 일찍 자는 게 어때?"

내일은 내가 던전에 들어간 사이에 다크니스와 메구밍이 수배해둔 모험가들에게서 유용한 스킬을 배우기로 되어 있다.

그리고 스킬 습득을 마친 후 그대로 아쿠아를 쫓아갈 예정이다.

거실 구석에는 이미 원정용 짐이 준비되어 있었다.

내가 레벨을 올리는 사이, 다크니스와 메구밍이 준비해둔 것 같았다.

"그래요. 그럼 저도 슬슬 자야겠네요."

메구밍은 그렇게 말하고 자리에서 일어났다.

그리고 방으로 향하는 내 뒤를 졸졸 따라왔다.

나는 방문을 열었고 메구밍은 당연한 듯이 안으로 들어왔다.

…………….

"으음, 뭐하는 거야? 잘 거라면서?"

"잘 건데요? 카즈마와 함께요."

……어.

내가 얼어붙자, 메구밍은 침대 쪽으로 가서 시트 상태를 확인해보듯 가볍게 두드려보더니—.

"이번 여행은 지금까지의 그 어떤 여행보다도 위험할 테죠. 그러니……. 저희 둘 다 후회를 남기지 않는 편이 좋을 거예요."

메구밍은 그렇게 말하고 배시시 웃었다.

……………어.

2

"이, 이런 상황이 되니, 여, 역시 긴장되네요. 괜찮아요? 괴롭지는 않나요?"

"괘, 괜찮아. 아무 문제없어. 메구밍이야말로 무리는 하지 마."

오늘은 달이 뜨지 않는 밤이다.

창밖에서 스며드는 건 이 마을의 마법사가 붙인 가로등 불빛뿐이었다.

이 흐릿한 빛으로는 메구밍의 새하얀 피부도 확연하게 보이지 않는다.

내 암시 스킬로는 적외선 카메라 화면처럼 상대방의 윤곽만 확인할 수 있었다.

하지만 어둠 속에서도 메구밍의 붉은 눈동자는 선명하게 보였다.

메구밍이 침대에 눕더니 나를 올려다보며 미소 지었다.

이런 늦은 시간에 원피스를 입고 있었던 것도 이 때문인가.

아까는 괜찮다고 말했지만 실은 하반신에 큰일이 났습니다.

실은 괴로워요. 엄청 괴롭다고요. 빨리 어떻게든 하고 싶어요.

메구밍은 내 시선이 원피스를 향하고 있다는 것을 눈치챈 것 같았다.

"이건 제 옷 중에서 유일하게 색기가 느껴지는 옷인데……. 어떤가요? 괜찮나요? 저기, 그러니까……."

"괘, 괜찮아. 아름다워. 그리고 불끈불끈해."

"부, 불끈불끈하는 건가요. 좀 더, 그러니까……. 아뇨. 카즈마답네요."

메구밍은 그렇게 말하고 빙그레 웃었다.

그리고 나를 맞이하려는 듯 누운 채로 두 팔을 벌리며 미소 지었다.

"괴롭죠? 괜찮아요. 제가 전부 받아줄게요. 무슨 일이 생겨도 후회하지 않도록, 후회가 남지 않도록, 저를 마음대로 해도 돼요."

그런 말을 들었더니 더는 참을 수가 없습니다.

이런 말을 듣고도 할 걸 안 한다면 메구밍이 아니라 나야말로 정신 나간 놈이다.

체중이 실리지 않도록 조심하면서 메구밍과 몸을 포갰고 그녀는 나를 꼭 끌어안았다.

어둠에 눈이 익숙해진 건지 원피스의 한쪽 끈이 흘러내리면서 드러난 메구밍의 새하얀 어깨가 훤히 보였다.

그러고 보니 아직 다크니스하고만 키스를 했었지.

우선 키스부터 하도록 할까.

메구밍의 볼에 오른손을 대자, 메구밍은 내 손 위에 자신의 왼손을 포갠 뒤 부드러운 표정을 지으며 눈을 가늘게 떴다.

그 모습만으로도 내 긴장과 흥분은 최대치에 도달했다.

여자는 정말 약았다. 이 광경만으로도 밥을 몇 공기는 먹을 수 있을 것 같다.

나는 기분 좋은 듯 눈을 가늘게 뜨면서 내 손을 매만지는 메구밍을 향해, 슬며시 얼굴을 내밀었다.

내가 뭘 하려는 건지 눈치챈 메구밍은 마른 침을 삼키고 눈을 감았다.

다크니스에게 기습적으로 키스를 당했을 때와 다르게, 이것은 쌍방의 합의 하에서 하는 키스다.

긴장이 되는 것과 동시에, 서둘러야 한다는 마음에 사로잡혔다.

안 그랬다간 평소와 마찬가지로 또 방해를 받을 것이다.

그렇다. 어차피 가장 끝내주는 타이밍에, 그 바보가……!

그, 바보가…….

"……응? 왜 그래요?"

아무리 기다려도 내가 키스를 하지 않자, 메구밍은 한쪽 눈을 희미하게 뜨고 불안 섞인 목소리로 물었다.

그 바보에게 방해받을 리가 없다.

왜냐하면 지금 이곳에 없으니까.

즉, 기회다.

평범하게 생각하면 이것이야말로 천재일우의 찬스지만—.

"……미안해."

"……저기, 저로는 무리인가요? 다크니스와 아쿠아만큼 크지는 않지만, 모양은 꽤 괜찮은 편이거든요? 한 번 볼래요?"

"엄청 보고 싶…… 아니, 그런 게 아냐. 솔직하게 말하자면, 하고 싶어. 엄청 하고 싶다고. 내 하반신에는 심각한 사태가 벌어졌어. 그러니까, 메구밍한테 매력이 없는 게 아냐. 하지만……."

아까운 짓을 하고 있다는 건 안다.

바보 같은 짓이라는 것도 안다.

하지만—.

"아쿠아도, 다크니스도 있는 저택 안에서, 그 녀석들에게 방해 받지는 않을지 조마조마하면서 정사를 치르고 싶어. 그 바보들에게 들키지 않게 몰래 메구밍의 방에 놀러 간다든가 말이야. 뭐, 결국 중요한 타이밍에 방해를 받겠지만 그래도……."

나는 말을 이으려 했으나 입을 막힌 바람에 그럴 수 없었다.

입맞춤을 한 메구밍은 내 목에 두 팔을 두르더니 정열적으로 내 입술을 빨았다.

메구밍의 혀가 내 입안을 구석구석까지 훑고 다녔고 아무 생각도 할 수 없었다.

나는 자연스럽게 메구밍을 끌어안은 후 그대로—.

"……당신의, 이런 면을 좋아해요. 진심으로, 사랑해요."

내가 그대로 관계를 가지려 한 순간, 메구밍은 입술을 떼면서 내 얼굴을 꼭 끌어안으며 속삭였다.

그리고 뜨거운 숨결을 토하더니 애정이 묻어나는 손길로 내 뒤통수를 쓰다듬었다.

얼굴에 메구밍의 부드러운 가슴이 닿아서 더는 참을 수 없게 된 나는……!

"아쿠아를 데리고 이 저택에 돌아오면, 그날 밤에 둘이서 갈 데까지 가버리죠. 약속한 거예요?"

메구밍은 내 귓가에 그렇게 속삭인 후 내 두 어깨를 밀어내고 침대 밖으로 나갔다.

……어.

내 입으로 이런 말을 하는 것도 좀 그렇지만, 메구밍과의 딥키스 때문에 완전 흥분하고 말았는데…….

솔직히 말해 아쿠아를 걱정하는 마음보다 이대로 정사를 나누고 싶다는 마음이 더 큰데요.

내가 울상을 짓자 메구밍은 등 뒤로 돌린 손으로 깍지를 끼고 장난기 섞인 미소를 머금었다.

"카즈마가 미안하다고 말했을 때, 이유를 듣기 전까지 엄청 불안했어요. 그러니 저도 복수 삼아 심술궂은 짓을 할래요."

그 심술이란 건, 내 마음을 달아오르게 만들어놓고 아무것도 안 하겠다는 것인가요.

그건 심술 레벨을 아득히 넘어서는 짓 아닐까요.

이제부터 서큐버스 가게에 가더라도 이 시간이면 다들 일을 하러 갔을 것이다.

완전 마성의 메구밍이잖아. 이 녀석, 점점 악녀가 되어가고 있네.

"저기……. 사과할 테니까, 그냥 하려던 걸 계속하면 안 될까요……."

"이, 이 남자는 정말……! 기왕이면 끝까지 멋진 모습을 보여줘요. ……그렇게 됐으니까……."

그렇게 말한 메구밍은 문 쪽이 아니라 내 방 구석에 있는 옷장 쪽으로 향했다.

"그렇게 됐으니까, 다크니스도 거기서 우물쭈물하지 말고 빨리 방으로 돌아가세요!"

"우왓!"

메구밍이 옷장을 활짝 열자 그 안에는 정좌를 한 채 볼을 붉히고 있는 다크니스가 있었다.

"내내내내, 내가 여기 있다는 걸……."

"어떻게 알았는지가 궁금한가요? 어젯밤에는 돌아오지 않는 카즈마를 걱정하며 그렇게 안절부절못했으면서, 오늘은 카즈마가 욕실에서 나오기도 전에 2층에 올라가버렸잖아요!

홍마족은 지능이 매우 뛰어나죠! 성욕이 넘쳐나서 머릿속이 핑크색인 다크니스가 어떤 행동을 할지 간단히 예측할 수 있다고요!"

"서, 성욕이 넘쳐나……?! 그그, 그러는 메구밍도……!"

여전히 옷장 안에서 정좌를 하고 볼을 붉힌 채 겁먹은 것처럼 떨고 있던 다크니스가 끌려나왔다.

"저는 선물을 못 받았으니까, 다른 걸 받으러 온 거예요. ……다크니스는 갑옷을 선물 받고 한껏 들뜬 데다 어제 카즈마를 걱정하느라 마음이 달아오른 나머지, 이 방에서 그를 기다리고 있었던 거죠?! 그리고 제 목소리가 들리니까 허둥지둥 옷장에 숨은 거잖아요!"

"어, 어떻게 내 행동을 그리 정확하게 안 거지……?! 나, 나는, 그저 갑옷의 답례를 하려고……!"

다크니스가 부끄러워 죽겠는지 금방이라도 울음을 터뜨릴 듯한 표정으로 얼굴을 붉힌 가운데―.

"선물을 받았다고 몸으로 답례를 하려고 한 건가요?! 정말 못 말리는 에로 아가씨군요! 저는 카즈마와의 포옹 자체가 기쁨이지만, 다크니스는 다른 건가요? 자기 몸을 카즈마에게 허락한 후, 거만한 눈길로 쳐다보며 이게 너한테 주는 상이다! 같은 소리를 할 작정이었나요? 그렇게 자기 몸에 자신이 있는 거예요?!"

"아아아아, 아니……! 그렇지, 않―! 그그, 그런 게, 그런

게, 아니라……!"

메구밍은 울먹거리는 다크니스를 방밖으로 질질 끌고 가며 말을 이었다.

"저와 카즈마의 정사를 훔쳐보고 주체 못할 정도로 흥분한 거죠?! 이 애는 진짜 밝힌다니까요! 자, 계속 흥분해 있지 말고 어서 방으로 돌아가죠!"

"잠깐만 있어봐라! 내가 있다는 걸 뻔히 알면서 관계를 가지려고 한 메구밍이 훨씬 밝히는 것 아니냐?! 으으으으, 나한테도 변명을 할 기회를……!"

다크니스는 메구밍에게 질질 끌려가며 방밖으로 나갔다.

으음, 나는 이 흥분을 어떻게 처리해야 할까…….

3

다음 날 아침.

승합 마차 대기소에 간 우리 앞에는 수많은 모험가가 모여 있었다.

그 모험가들의 선두에는 바닐과 인형탈이 있었다.

"카즈마, 왜 멍하니 서 있는 거죠? 이래가지고는 스킬 습득 중에 부상을 입을지도 몰라요."

"아, 응. 미안해."

나는 이제부터 아쿠아를 쫓아간 후 마왕과 싸우는 여행

을 시작할 것이다.

집을 나서면서 마지막으로 보는 걸지도 모른다고 생각하며 저택을 돌아봤을 때, 나는 기묘한 무언가를 보았다.

잘 다녀오라는 듯이 2층 발코니에서 손을 흔들고 있는 소녀를 본 것이다.

저번에 아쿠아가 말했던 이 저택에 산다던 귀족 소녀의 혼령일까.

눈을 비비고 다시 봤을 때는 그 모습이 보이지 않았지만 한때 레지나 교도였던 영향인지 때때로 이상한 것이 보일 때가 있었다.

하지만 그 소녀를 봐도 공포나 불쾌한 느낌은 들지 않았다.

그래서 나는 그 애에 대해 생각하고 있었는데—.

"소년. ……아니, 손님. 오늘 아침에 입금을 확인했다. 바닐 마도구점 오픈 이후로 가장 큰 거래가 성사된 만큼, 솔직히 말해 웃음을 참을 수가 없구나. 뒷일은 나한테 맡겨라. 네가 맡긴 사신(邪神)과 닭고기는 이 몸이 소중히 보호해주지. 그러니, 마음 푹 놓고 하직하도록."

"방금 떠나라는 말 대신 하직하라고 말하지 않았어? …… 잠깐만 있어봐. 너, 방금 뭐라고 했어? 닭고기는 알지만, 다른 하나는 마음에 걸리거든?"

쵸스케와 젤 킹을 양손에 안아든 바닐이 나에게 작별인사를 했다.

마음에 걸리는 소리를 듣고 내가 질문을 던지자 인형탈, 아니, 제레실트가 내 허리 언저리를 찰싹찰싹 때렸다.

"소년이여. 그대는 사악한 여신들로부터 나를 몇 번이나 지켜줬지. 만약 여행 도중에 힘이 다해 숨을 거둔다면, 지옥에 있는 내 영지에 오도록. 그때는 환대를 해주겠네."

"불길한 소리 좀 하지 말아줬으면 좋겠는데……."

위즈네 가게의 마스코트 같아 보이지만 일단은 이 녀석도 악마다. 그러니 이것도 악마 나름의 격려라고 생각해두자.

"—좋아. 카즈마, 스킬을 익힐 준비는 됐어?"

더스트가 모험가들 사이에서 앞으로 나서더니 검으로 나를 겨눴다.

딱히 나를 괴롭히려는 건 아니다.

나는 이제부터 스킬을 배울 것이다.

모험가 중에는 더스트뿐만 아니라 이 1년 동안 친해진 이들이 있었다.

"마왕 자식과 한판 뜨러가는 거잖아. 다 같이 자근자근 밟…… 아니, 작별 선물 삼아 단련을 시켜주겠어."

"방금 자근자근 밟아준다고 말하지 않았어? 그리고 마왕과 한판 뜰 생각은 추호도 없어! 나는 어디까지나 아쿠아를 데려오려는 것뿐이라고!"

나는 더스트를 향해 그렇게 말했고 메구밍과 다크니스는

어린애를 어르는 듯한 표정을 짓고 쓴웃음을 머금었다.

이 녀석들은 마왕과 한판 뜰 작정이거든.

나한테 있어서 최우선 사항은 아쿠아와 합류하는 것이며 다른 건 아무래도 상관없다.

소인배인 나도 이제 각오를 다졌다.

대량의 스킬 포인트를 얻은 이상, 나는 작품 종반에 각성하는 주인공이다.

내가 바라는 평온과 미래를 위해 마왕군 따위는 전력을 다해 박살내주겠다.

내가 자신만만한 미소를 짓자 모험가들이 기분 나쁘다는 듯이 뒷걸음질 쳤다.

"어이, 카즈마. 그냥 여행은 관두는 게 좋지 않겠어?"

"맞아. 너는 예전부터 이상했지만, 요즘 들어 더 심각해졌다고."

모험가들이 걱정 섞인 목소리로 그렇게 말했으나, 이 녀석들은 내가 진정한 힘에 눈떴다는 사실을 모르니 이런 반응을 보이는 것도 무리는 아니다.

"걱정해줘서 고맙지만, 나는 현재 액셀 마을에서 손꼽히는 실력자야. 아쿠아와 마왕은 나한테 맡겨. 너희는 내 저택이 있는 이 마을이나 지키라고."

내가 자신만만한 미소를 흘리고 그렇게 말했더니 다들 표정이 굳었다.

"뭐가 액셀에서 손꼽히는 실력자야! 다 들었거든? 위즈 씨와 바닐 씨에게 보호받으며 던전에서 레벨 뻥튀기를 했다며!"

"돈으로 레벨을 올려봤자 아무짝에도 쓸모없다고! 그러니까 까불지 말란 말이다!"

"스킬을 구걸하는 입장이면서 으스대지 마! 이 최약체 직업아!"

모험가들은 그렇게 말한 뒤 무기를 꺼내들고 나를 위협했다.

어이쿠, 나를 걱정해주나 했는데 이제는 비난을 해대네.

"나는 현재 스킬 포인트도 잔뜩 있고, 레벨도 30이 넘었어! 레벨 30이면 베테랑이라고! 액셀 마을에서 농땡이나 치는 너희 같은 조무래기와는 다른 거지! 그러니까 빨리 스킬이나 가르쳐 달라고!"

"레벨 좀 올랐다고 으스대는 거냐! 정 스킬을 배우고 싶다면 가르쳐주마! 네 몸에 직접 말이야!"

"너도 조무래기잖아! 얼마 전에 개구리에게 쫓겨 다녔던 걸 알고 있다고! 그렇게 스킬이 배우고 싶으면 네 몸에 중급 마법을 날려서 가르쳐주겠어!"

"해치워 버려! 우리한테 당한다면 어차피 마왕한테는 못 이겨! 포위한 후에 자근자근 밟아주자고!"

다혈질인 모험가들이 나를 향해 가운데 손가락을 세우고 독설을 퍼부었다.

이 자식들이……!

"마왕 전에 너희 상대로 몸 좀 풀어볼까! 그러니까 내가 익히지 못한 스킬을 내놔! 이 몸이 바로 카즈마다! 덤빌 테면 덤벼봐아아아아!"

발끈한 내가 그렇게 외치자 모험가들은 미소를 지으면서 일제히 나에게 달려들었다!

4

"카즈마 씨, 죄송해요. 양이 많아서 좀 오래 걸렸……, 이, 이게 무슨 일이죠?!"

커다란 짐을 안아든 위즈가 승합 마차 대기소 주위에 널브러진 모험가들을 보더니 깜짝 놀랐다.

"아, 위즈. 일부러 가져다줬구나. 고마워."

"그건 괜찮지만, 대체 무슨 일이 일어난 거죠?! 제가 알기로는 모험가 여러분이 카즈마 씨에게 스킬을 가르쳐주기로 했다고 들었는데요……."

어떤 물건이 가득 들어있는 배낭을 안아든 위즈가 머뭇거리면서 나에게 물었다.

"개의치 마. 미련이 남지 않도록 이 녀석들과 결판을 내둘까 해서 말이야. 뭐, 결과는 네가 보는 대로야."

위즈는 주위를 둘러보며 말을 이었다.

"저기……. 카즈마 씨도 쓰러져 있으니까 어떤 결과인지

감이 안 오는데요…….”

“아, 나는 바닥에 드러누워서 쉬는 것뿐이야. 나는 혼자이고 이 녀석들은 다수였으니까, 실질적으로는 내가 이긴 거나 다름없어.”

“헛소리 말라고, 카즈마! 너, 세 명째를 상대할 때부터 후들거렸잖아!”

“네가 울상을 지으니까, 불쌍해서 다들 봐준 것뿐이야!”

패배자들이 헛소리를 늘어놓았지만 인원수만 보면 내가 이긴 거나 다름없다.

모험가 출신인 위즈는 그런 우리를 보고 무슨 일이 일어난 건지 이해한 눈치였다.

“……아하, 모험가 특유의 거친 작별인사군요! 그럼 저도…….”

“위즈한테 거친 작별인사를 받았다간, 네가 아무리 봐줘도 나는 목숨 건지기 힘들걸?”

욱신거리는 몸을 억지로 일으킨 나는 위즈에게서 짐을 넘겨받았다.

바닐과의 약속대로 오늘 아침에 돈을 입금해서 대량으로 사들인 물건이다.

“아르칸레티아 행 마차가 곧 출발합니다. 타실 분은 서두르세요~!”

마부가 그렇게 말해서 우리는 마차에 짐을 싣고 탔다.

"……그런데 아까부터 신경 쓰였던 건데. 갑옷은 어떻게 한 거야?"

내가 그렇게 묻자 갑옷을 걸치지 않고 대검만 짊어진 다크니스가 소중히 안아들고 있던 짐을 손으로 두드리며 으스대듯 말했다.

"이 안에 있다."

………….

"이제부터 여행을 떠날 거니까 착용해."

"너야말로 무슨 소리를 하는 거냐. 그러다 모처럼 받은 갑옷이 더러워지거나 흠집이라도 생기면 어쩔 거냔 말이다."

"너야말로 대체 무슨 소리를 하는 거야?"

아무래도 다크니스는 그 갑옷이 정말 마음에 든 것 같았다.

갑옷을 안아든 다크니스를 그냥 내버려두기로 한 나는, 배웅을 와준 모험가들을 돌아보았다.

"그럼 그 바보를 데리고 돌아올게."

내가 그렇게 말하자—.

"그래, 다녀와! 겸사겸사 마왕도 박살내줘!"

"아쿠아 누님이라면 어처구니없는 곳에서 미아가 되었을지도 몰라. 이상한 틈새에 끼어 있을지도 모르니까, 구석구석까지 잘 찾아봐~!"

“저기~! 선물 기대하고 있을게~!”

“마을이라면 우리한테 맡겨. 이 마을에는 태어난 지 얼마 안 된 자식과 귀여운 아내가 있거든. 반드시 지켜내겠어!”

모험가들이 믿음직한 말을—.

마지막에 불온한 소리를 한 건 대체 누구야?

“다크니스, 이제 그만 갑옷을 걸치세요! 방어력 문제도 있고, 다크니스가 선물 받은 갑옷을 자랑하듯 소중하게 여기니까 아무것도 못 받은 저로서는 짜증이 난단 말이에요!”

“위험한 지역에 들어선 후에 걸치면 되지 않느냐! 내 방어력이라면 웬만한 몬스터 상대로는 갑옷을 걸치지 않아도 끄떡없다!”

마차 안에서는 메구밍과 다크니스가 그런 어이없는 말다툼을 벌이고 있었다.

나는 이제부터 믿음직한 구석이라고는 눈곱만큼도 없는 이 두 사람과 함께, 이 세계에서 가장 위험한 지역을 향해 여행을 떠나는 건가.

어쩌지. 스킬을 잔뜩 익히기는 했지만 그래도 마음이 꺾일 것 같다.

“어이, 카즈마! 그 검은 이 마을에서 만든 평범한 검이지? 혹시 모르니 이걸 가지고 가!”

어찌된 영문인지 창을 짊어진 더스트는 자신의 검을 마차 위에 있는 나를 향해 던졌다.

어라. 이 녀석, 멋지잖아. 원래 이런 소리를 하는 녀석이었나?

"그건 마법이 걸려 있는 뛰어난 무기야. 특정 직업만 장비할 수 있는 전설급 무기도 아니니까, 카즈마도 쓸 수 있을걸? 마왕을 쓰러뜨린 후에는 돌려달라고!"

더스트는 나를 향해 씨익 웃으며 그렇게 말했다.

마법이 걸린 무기로만 대미지를 입힐 수 있는 몬스터도 존재하니까 이 무기는 크게 도움이 될 것이다.

하지만 대체 무슨 바람이 분 걸까.

나는 더스트에 대한 평가를 바꿔야만 하는 건가……?!

"아하~. 만약 카즈마가 저 검으로 마왕을 해치우면, 저 무기에는 엄청난 가치가 생기잖아~. 용사가 사용한 무기, 같은 느낌으로 말이야. 카즈마~, 그건 던전에 굴러다니던 모험가 시체에서 더스트가 챙긴 거니까, 안 돌려줘도 돼!"

"어이, 린! 나의 장대한 일확천금 계획을 방해하지 마!"

이럴 줄 알았어.

……그래도 거꾸로 안심이 됐다.

이 마을에는 못 말리는 문제아가 잔뜩 있지만 나는 이곳을 싫어하지 않는다.

어느새 이 마을의 마스코트가 된 아쿠아를 데리고 돌아오면 이 시원찮은 세계에서 즐겁게 살 수 있을 것 같았다.

린을 쫓기 시작한 양아치를 향해 쓴웃음을 지은 후—.

"가자~!!"

우리를 태운 마차가 푸른 하늘 아래에서 나아갔다.

그렇게, 우리가 처음이자 마지막으로 하는 본격적인 모험이 시작됐다……!

5

"그러고 보니 아까 모인 모험가 사이에 크리스는 없었지. 마왕을 토벌하러 떠나기 전에 인사를 나누고 싶었는데 말이다. 마왕의 부하가 왕도를 습격한다는 말을 듣고, 한동안 바쁠 것 같다는 말을 남기며 사라진 후로는 못 봤는걸……."

"그러고 보니 없었네. 뭐, 바쁜 이유는 예상이 되지만 말이야."

왕도에서 인류와 마왕군의 결전이 치러지는 것이다. 본업 쪽이 바빠질 게 틀림없다.

"어째서 카즈마가 그런 걸 아는 건지 자세하게 캐묻고 싶지만……. 그것보다 두 사람 다 이걸 봐라. 어떻게 생각하느냐?"

""마왕의 부하 같아.""

다크니스가 흔들리는 마차 안에서 착용한 갑옷을 자랑하

자 나와 메구밍은 딱 잘라 그렇게 말했다.

메구밍과 내가 똑같은 말을 했더니 다크니스는 약간 슬픈 반응을 보였다.

"마치 암흑기사 같은 인상이에요. 영락없는 마왕의 측근이네요."

"방패도 없이 대검만 쓰는 데다 검은색 갑옷을 걸치니, 전체적으로 공격적인 인상이네."

"큭……!"

다크니스는 나와 메구밍의 평가를 듣고 삐친 것처럼 손가락으로 갑옷을 훑었다.

칠흑색 갑옷은 매끈한 곡선을 그렸고 다크니스의 몸에 딱 맞았다.

검은색 금속의 광택이 요염하면서도 요사한 빛을 뿜고 있었다.

뭐랄까, 멋지다기보다 아름답다는 느낌의 갑옷이다.

하지만 요도나 마검과 일맥상통하는 아름다움이라고 할까…….

"아, 맞아요. 카즈마가 던전에 간 사이에 소동이 일어났었어요."

메구밍이 갑자기 신경 쓰이는 말을 했다.

"카즈마가 잡은 그 여자……. 마왕군 간부, 세레나가 탈주한 것 같다."

"맙소사."

나는 다크니스의 말을 듣자마자 무심코 그렇게 말했다.

액셀 마을의 경찰은 대체 뭘 하고 있었던 거야.

"세레나는 보초를 일시적으로 꼭두각시로 만든 후, 자신의 탈주를 돕게 한 것 같아요. 그 보초는 마왕군 간부가 노출광이라는 소리를 했대요."

"꼭두각시가 됐던 남자는 뭔가를 봤다고 주장한다더구나."

그 보초가 본 건 아마 팬티일 것이다.

내가 세레나에게 괜한 지식을 알려줬군요. 죄송합니다.

"마왕군의 습격에 대비하고 있기 때문에, 추적을 하지 못한 것 같아요. 만약 마주친다면 체포해달라는 수배서가 길드에 붙어 있었어요. 세레나도 마왕성으로 돌아갈 테고, 같은 길로 가다보면 어딘가에서 마주칠지도 모르겠네요."

"음. 그때는 따끔한 맛을 보여주겠다. 그 여자와는 제대로 결판을 내지 못해서 영 찝찝했거든."

뭐, 체포한다면 상당한 보수를 받을 수 있으리라.

여행 도중에 발견하면 체포하면 된다.

그 녀석은 레벨 1이 되어서 약해졌으니 아쿠아가 없어도 이길 수 있을 테니까.

나는 뒤편에서 달리고 있는 다른 마차를 쳐다보며 중얼거렸다.

"그건 그렇고, 손님이 적네……."

마왕군이 습격을 할 거라는 불온한 소문 때문인지 요즘은 여행을 다니는 사람이 거의 없다.

일부 사람들은 다른 마을로 피난한 것 같지만 지금은 대피하려는 이도 거의 없었다.

우리를 태운 마차 말고는 전부 교역 상품만 실려 있었다.

마차는 총 다섯 대였다.

호위를 맡은 모험가 몇 명이 탄 마차를 제외하면 마부와 상인만 타고 있었다.

마차 숫자가 적으면 약한 몬스터도 말을 두려워하지 않고 몰려올 때가 있다.

먼저 떠난 아쿠아를 빨리 따라잡고 싶은 우리로선, 마차 숫자가 적은 이 상황이 바람직하지 않지만—.

"그런데, 카즈마는 결국 스킬을 몇 개 정도 익혔나요? 저와 다크니스는 이 마을에서 실력이 좋은 사람과 유용한 스킬을 지닌 사람을 모으기만 했거든요. 그래서 카즈마가 어떤 스킬을 익혔는지는 파악하지 못했어요."

다크니스가 갑옷 표면에 입김을 불고 천으로 닦는 가운데, 경쟁심에 사로잡힌 메구밍이 자신의 지팡이를 닦으며 그런 질문을 던졌다.

"일단 마법 계열 스킬로는 텔레포트와 중급 마법을 익혔어."

내가 그렇게 말하자 메구밍은 들고 있던 지팡이를 놓쳤다.

"그그그, 그랬나요. 중급 마법을 익혔군요. 사사, 상급 마법을 안 익혔으니 그나마 다행이네요."

메구밍은 더듬더듬 그렇게 말하고 태연을 가장하더니 떨어뜨린 지팡이를 줍기 위해 몸을 숙였—.

"상위의 마법일수록 긴 영창과 절차가 필요하잖아. 스킬을 습득하기 위해서는 모든 상급 마법의 영창을 암기할 필요가 있나봐. 그걸 외울 시간이 없었거든. 그러니 무사히 돌아오면 위즈가 상급 마법을 가르쳐주기로……."

메구밍은 지팡이를 쥐더니 그대로 나에게 달려들었다.

"아크 위저드인 제가 있는데, 중급만으로 만족 못하고 상급 마법까지 익히려는 건가요?! 카즈마의 카드를 보여주세요! ……앗! 포인트를 전부 쓰면 폭렬마법을 습득할 수 있군요! 이걸 익혀서 포인트를 다 써버리겠……!"

"이, 인마, 하지 마! 상급 마법과 유용한 스킬을 익히려고 남겨둔 거란 말이야! 분하면 너도 다른 마법을 익히면 되잖아! 그러니까 남의 모험가 카드를 멋대로 만지지 마!"

"저의 카드를 멋대로 만진 적이 있는 카즈마가 그런 소리를 하는 건가요?! ……아앗?! 그것 말고도 골렘 제조 마법에 회복 마법까지 익혔군요! 마력은 제 10분의 1도 안 되면서, 이제부터 마법사라도 되려는 건가요?!"

"회복 마법도 익힌 거냐. 아쿠아가 알면 자기 일거리를 빼앗겼다면서 울음을 터뜨릴 거다."

—이번 여행은 일전에 아르칸레티아로 갔을 때와 같은 길을 나아갔지만 지난번보다 이동이 빨랐다.

지난번에는 맷집이 좋은 다크니스가 발정기인 달려라 매솔개의 치킨 레이스에 휘말리고, 아쿠아가 언데드를 불러들인 바람에 난리도 아니었다.

하지만 이렇게 순조롭게 간다면 내일 오전에는 아르칸레티아에 도착할 것 같았다.

"호위 분들이 밤새도록 보초를 서주기로 했어요. ……저희는 밤에 노숙을 할 때마다 언데드 때문에 난리가 났지만, 오늘 밤은 괜찮겠네요."

메구밍은 지금까지 했던 여행이 생각난 것인지 그리움이 묻어나는 목소리로 그렇게 말했다. 그리고 누군가가 일행에 없다는 걸 신경 쓰고 있는 건지 아주 약간의 쓸쓸함도 목소리에서 느껴졌다.

"……그래. 마차와 호위의 숫자도 적으니 언제 몬스터에게 습격을 당해도 이상하지 않지만, 순조롭게 여행을 하고 있구나. ……트러블이 줄을 잇던 예전의 여행이 꿈처럼 느껴질 정도다."

메구밍의 뒤를 이어 다크니스도 왠지 투덜대는 말투로 그렇게 말했다.

주위가 완전히 어두워졌기에 상단 사람들과 함께 야영 준비를 마친 후, 우리 셋은 다른 사람들과 좀 떨어진 곳에서 조그마한 모닥불에 둘러앉았다.

불을 피우지 않으면 약한 몬스터가 몰려온다.

뭐, 누군가와 함께 여행을 할 때는 불을 피워도 언데드가 몰려왔지만 말이다.

다크니스가 아까 말했던 것처럼 이번 여행은 순조로웠다.

아니, 지나칠 정도로 순조로웠다.

운이 나쁜 누군가가 없다고 해서 이렇게 트러블이 발생하지 않는 것도 좀 그랬다.

성가신 문제가 일어나지 않는 건 좋지만 왠지 심심하게 느껴지는 건 내가 그런 상황에 완전히 물들어버렸기 때문일까.

"—자, 그럼 전부터 신경 쓰였던 점에 대해 이야기해주겠어요?"

메구밍은 짐에 기대앉으면서 그렇게 말했다.

다크니스 또한 메구밍 옆에 기대앉더니, 복부에 갑옷이 든 상자를 올려두고 반짝이는 눈동자로 하늘을 올려다보았다.

"아, 그러고 보니 내가 습득한 스킬에 대해 설명을 하다 말았지."

나는 건성으로 대답하고 지면에 망토를 깐 후, 그 위에 앉아서 나뭇가지를 모닥불에 던졌다.

"아뇨, 그게 아니에요. 스킬은 여행을 하면서 볼 기회가 있을 테니, 지금은 됐어요. 그것보다 바닐이 말했던, 카즈마가 이세계에서 온 인간이라는 점에 관한 이야기를 듣고 싶네요.”

…………그거 말이구나.

고개를 돌려보니 하늘을 올려다보던 다크니스도 나를 지그시 쳐다보고 있었다.

두 사람 다 표정이 진지했다.

“뭐, 딱히 진지한 표정으로 들을 이야기는 아냐. ……그게 말이야. 나는 이 세계의 주민이 아냐. 이곳에서 한참 떨어진 곳에 있는 다른 세계에서 왔지. 어느 날, 원래 세계에서 목숨을 잃었어. 그리고 사후 세계에 갔더니, 신이 나한테 세 가지 선택지 중에서 하나를 고르라잖아. 원래 있던 세계에서 갓난아기로 다시 태어날 것인가, 아니면 천국에 갈 것인가. ……아니면 이세계에 가보겠느냐, 하고 말이야.”

두 사람은 나의 황당무계한 말을 듣고도 웃거나 놀라지 않았다.

“그렇군요. 그때 그 신이 아쿠아였던 건가요?”

“맞아. 그 녀석, 처음 만났을 때는 엄청 거들먹거렸거든. 그래서 따끔한 맛을 보여주려고, 확 이세계에 끌고 왔…….”

어라.

“메구밍은 아쿠아가 신이라는 말을 믿지 않는 거 아니었어? 그 녀석이 여신을 자칭해도 항상, 그렇군요, 대단하네요, 라고 말하며 그냥 흘려 넘겼잖아."

내가 그렇게 말하자 두 사람은 서로의 얼굴을 쳐다보고 웃음을 흘렸다.

"처음에는 안 믿었어요. 하지만 차분히 생각해보니 이상하기도 했고, 의아하기도 했어요. 원래 소생은 한 사람당 한 번만 허락된 궁극의 기적인데, 카즈마를 몇 번이나 되살려냈잖아요. 그리고 몸에 닿은 액체를 전부 정화하고, 물속에 가라앉아도 멀쩡했죠. 또 리치나 대악마에게 혼자서 맞설 수 있는 프리스트가 있을 리 없어요."

…………그렇기는 해.

뭐야. 두 사람 다 이미 눈치를 챘구나.

하지만 신이라는 걸 알고도 태도를 바꾸지 않았다는 것은 대단했다.

신을 모에 캐릭터화한 만화나 애니메이션을 보고 자란 나와 달리, 이 세계의 인간에게 있어서 신이란 숭배의 대상이라고 생각했는데 말이다.

어쩌면 액셀 마을 주민 중 다수는 그 녀석이 여신이라는 것을 눈치챘을지도 모른다.

"정체가 무엇이든 간에, 아쿠아는 우리의 소중한 파티 멤버다. 툭하면 울고, 툭하면 우쭐대며, 툭하면 실수를 범하지. 그리고 성가신 일을 벌여서 카즈마를 곤란하게 만드는 걸 좋아하는 데다…… 잘 웃고, 가만히 있기만 해도 주위의 분위기를 밝게 만드는, 소중한 동료다. ……그래. 정체가 뭐든 상관없다. 아쿠아는 아쿠아일 뿐이다."

갑옷이 든 상자를 소중히 안아든 다크니스가 벌러덩 드러눕더니 별을 올려다보면서 혼잣말을 했다.

메구밍은 그 말을 듣고 만족한 것처럼 미소 지은 뒤 몸을 일으키며 나를 지그시 응시했다.

"카즈마, 아쿠아는 왜 마왕을 쓰러뜨리고 싶어 하는 거죠? ……마왕을 쓰러뜨린 후, 아쿠아는 어떻게 되는 건가요?"

—천계로 돌아가.

나는 목까지 올라온 말을 차마 입 밖으로 토하지 못했다.

내가 한동안 입을 다물고 있자—.

"카즈마는 마왕을 쓰러뜨리고 나서 원래 세계로 돌아가는 건 아니죠? 전에 고국으로 돌아갈 생각이 없다고 말했잖아요. 이 여행이 끝나고 나면, 아쿠아도 포함해 저희 모두가 액셀 마을로 돌아가는 거죠?"

별하늘 아래에서 몽환적으로 빛나고 있는 붉은 눈동자를 지닌 메구밍이 약간 불안한 목소리로 그렇게 물었다.

다크니스는 아무 말 없이 하늘을 올려다보고 있었다.

"……돌아갈 리가 없잖아? 이 세계는 정말 변변찮은 곳이지만, 그래도 이곳에는 내 친구와 지인이 있어. 집도 있는 데다, 돈 걱정도 할 필요 없다고. ……게다가, 저기, 이 세계에는…….”

내가 메구밍과 다크니스를 힐끔 쳐다보자 두 사람은 그 시선을 눈치채고 미소를 머금었다.

“뭐죠? 이 세계에는 또 뭐가 있나요?”

“말해봐라, 카즈마. 어이, 부끄러워하지 말고 하려던 말을 끝까지 해보란 말이다. 이 세계에는 또 뭐가 있는 거냔 말이다.”

메구밍의 뒤를 이어 다크니스까지 몸을 일으키더니 두 사람은 히죽거리면서 나에게 물었다.

—젠장, 분위기에 휩쓸려서 괜한 소리를 했어!

6

다음 날 아침.

내가 아무 트러블도 일어나지 않는 순조로운 여행을 심심하게 여긴다고 생각한 것이 잘못일까.

“모모, 모험가 여러분~! 몬스터가 나타났어요! 잘 부탁합니다!”

마부가 비명에 가까운 목소리로 그렇게 외쳤고 호위를 맡은 모험가들이 마차 안에서 뛰쳐나왔다.

우리 앞에 나타난 것은 저번에 던전에서 실컷 쓰러뜨렸던 식인귀, 오거 무리였다.

3미터가 넘는 거구를 지닌 무투파 조직폭력배 같은 몬스터들이다.

"오거 무리가 왜 이런 곳에 있는 거야?!"

그 모습을 본 호위가 고함을 질렀다.

던전에서는 바닐과 위즈가 무력화시켜줬기 때문에 나는 오거가 얼마나 강한지 실감하지 못했지만, 저들의 반응을 보니 우리는 꽤 위험한 상황에 처한 것 같았다.

오거 무리는 총 다섯 마리였다.

게다가 대부분의 오거가 무기를 들고 있었고 맨손인 오거는 다른 녀석들보다 몸집이 더 컸다.

그 광경을 본 나는 다른 모험가들의 뒤를 이어 마차에서 내렸다.

"메구밍, 다크니스! 우리도 돕자! 마왕과 싸울 작정인 우리가 오거 따위한테 겁을 먹을 수는 없잖아!"

"좋아요! 제가 단숨에 저 녀석들을 쓸어버리겠어요!"

"자, 잠깐만 기다려라! 맨손인 오거라면 몰라도, 무기를 든 녀석들이 상대라면 나도 갑옷을 걸쳐야……!"

이럴 것 같아서 내가 갑옷을 미리 입으라고 했던 거야!

다크니스가 허둥지둥 상자를 열고 갑옷을 꺼내서 입기 시작한 가운데, 나와 메구밍은 오거와 대치했다.

모험가라고는 해도 우리는 이 마차의 손님이다.

의욕이 넘치는 메구밍에겐 미안하지만 폭렬마법은 온존해

두고 싶다.

그러니 우리는 엄호 정도만 하면 될 것이다.

"크윽, 역시 동포의 피 냄새가 난대이!"

"어느 놈이 우리 동포를 죽인 거냐! 갈기갈기 찢어직이뻴까!"

"뒤쪽에 있는 약해빠진 놈한테서 냄새가 나는 게 틀림읍다!"

오거들은 차례차례 독설 같은 말을 토했다.

알아듣기 힘들지만 의미는 알겠다.

동포를 해치운 약해빠진 놈이라는 건 저를 말하는 것이겠지요.

풋내기 모험가 마을에서 온 호위들도 오거 무리와 싸우게 될 줄은 몰랐는지 무기를 꺼내든 채 딱딱하게 얼어붙었다.

"우리는 키가 작은 오거 네 마리를 상대할 테니까, 리더가 가장 큰 녀석을 맡아주세요!"

"나, 나 혼자서 말이야?! 으윽, 아, 알았어! 다들 죽지 마라!"

호위들의 리더 격으로 보이는 인물이 그렇게 외치고 앞으로 나섰다.

다른 오거보다 몸집이 큰 오거는 검을 뽑아들고 자신에게 달려드는 남자에게 접근하더니 강렬한 한 방을 먹여서 그대로 상대를 쓰러뜨렸다.

주먹에 맞고 날아간 리더를 힐끔 쳐다본 그 오거는 흥 하고 코웃음을 친 후 자신의 표적을……!

"메구밍, 메구밍! 저 녀석이 무시무시한 눈길로 나를 노려본다고!"

"시선을 피하면 안 돼요! 마주 노려보는 거예요! 자연계에서는 먼저 시선을 피한 쪽이 지는 거니까요!!"

붉게 빛나는 눈으로 마주 노려보는 메구밍의 옆에서 나도 지지 않겠다는 듯이 오거를 노려보았다.

"어이, 형씨! 누구한테 시비 거는 건지 알기는 하는 기가아아아앗!"

나는 그대로 시선을 돌렸다.

"지면 어떻게 해요! 상대가 우리를 깔보게 됐잖아요! 오거가 이쪽으로 오고 있어요!"

"그그, 그래도 어쩔 수 없잖아! 저 녀석들이 너무 무섭게 생겼다고!"

나는 다른 이에게 도움을 청하고 싶었으나 다른 호위들은 마부들을 지키며 분투 중이었다.

그래도, 나는 치트 주인공으로 각성했다.

아직 당황할 때가 아니다!

"잘 보라고, 메구밍! 이게 각성한 나의 실력이야! 이거나 먹어, 『파이어볼』!!!!"

나는 재빨리 손을 내밀어 접근하는 오거를 향해 새롭게 익힌 마법을 날렸다.

"……이야, 후끈하대이. 지 주제도 모르는 게……."

하지만 오거는 내가 날린 불덩어리를 손바닥으로 으깨버리더니 손바닥이 얼얼한지 입김을 불었다.

내 파이어볼은 그냥 후끈한 정도인 것 같았다.

“어이, 마법이 안 통하잖아! 뭐가 어떻게 된 거야! 오거는 원래 저렇게 강한 거야?!”

“단순히 마력이 부족한 거예요! 스킬에 보정이 안 걸리는 모험가 직업인 데다, 카즈마의 빈약한 마력으로는 마법저항력이 낮은 오거 상대로도 저 정도 대미지밖에 못 준다고요!”

메구밍은 그렇게 외치고 바로 폭렬마법을 영창하기 시작했다.

“다음은 내 차례대이! 사나이답게, 맞짱 한 번 거하게 벌이삐자!”

“저는 두뇌파 타입이니 사양하겠어요!”

나는 다가오는 오거를 향해 그렇게 외친 뒤 메구밍을 감싸려는 듯이 앞으로 나서면서 한손을 지면에 댔다.

공격 마법은 포기했다.

하지만 나는 원래부터 잔재주로 싸우는 게 특기다.

예를 들자면, 이런 식으로—!

“『크리에이트 어스 골렘』!”

나는 방패막이로 쓸 골렘을 제작했다.

이 녀석 뒤편에 숨어서 저격을 하며 메구밍이 영창을 할 시간을 벌면……!

“……어이, 조그마하잖아! 작아도 너무 작다고! 내 허리춤

언저리에 겨우 오잖아! 파이어볼과 다르게, 이번에는 마력을 꽤 쏟아 부어서 만든 건데!"

"카즈마의 마력량이 너무 적어서 그런 거예요! 걱정 마세요! 이미 영창은 끝났어요! 괜히 매일같이 폭렬마법을 쓴 게 아니예요! 자, 날릴게요!"

쓸모없어!

모처럼 익힌 스킬들이 아무 짝에도 쓸모가 없잖아!

많은 스킬을 익혀서 먼치킨이 된 줄 알았는데 내가 생각했던 것과 너무 달라!

나는 활을 들고 익숙한 저격 스킬로 조준했다.

메구밍은 영창을 마쳤지만 만약에 대비해야……!

"우와아아아앗! 젠장, 큰일 났다~!"

내가 준비를 하고 있을 때 모험가들 쪽에서 비명이 들렸다.

메구밍은 그 말에 반응하더니 그쪽을 힐끔 쳐다본 후……!

"『익스플로전』—!!!!"

마부를 덮치려고 하는 오거들을 향해 폭렬마법을 날렸다.

메구밍은 가능한 한 모험가들이 휘말리지 않도록 상공을 향해 마법을 펼쳤지만 그들은 폭풍에 휘말리며 지면을 구른 끝에 기절했다.

하지만 그냥 방치했다면 목숨을 잃었으리라.

죽는 것보다는 기절하는 편이 나을 것이다.

그리고 문제는—.

"첫, 젠장~! 다크니스, 다크니스! 다크니스, 아직 멀었어?!"

마력이 바닥나서 지면에 쓰러진 메구밍 앞에 선 나는 오거를 향해 활을 쐈다.

근거리에서 쏜 화살인데도 불구하고 오거는 손으로 얼굴을 감싸며 화살을 쳐냈다.

"상대가 자기보다 강할 때는 눈을 노린다. 싸움의 기본 아이가!"

"이래서 지성이 있는 몬스터는 싫다고! 가라, 골렘! 네 이름은……."

방패막이 삼아 조그마한 골렘을 전진시켰지만 이름을 지어주기도 전에 오거에게 밟혀서 박살이 났다.

"죽으삐라!"

"역시 전혀 도움이 안 돼!"

현재 오거는 나만 주시하고 있었다.

쓰러진 메구밍이 공격을 당하지 않도록 나는 골렘이 박살 난 틈에 도주하기 시작했다.

그런 나를 쫓아온 오거가 도약하면서 나를 향해 주먹을 휘두른 바로 그 순간—.

"긴급 회피!"

"윽?!"

웬만해선 피하기 힘든 상위 몬스터의 공격을 내 몸은 완벽하게 피했다.

맨손으로 싸우는 성직자, 몽크 씨에게 배운 스킬인 자동

회피.

적의 공격을 높은 확률로 피하는 이 스킬은 나에게 딱 맞았다.

공격이 빗나간 오거는 깜짝 놀란 표정으로 나를 돌아보았다.

더스트에게 빌린 마법검을 뽑아들자 햇살을 받은 날카로운 칼날에 새하얀 빛이 감돌았다.

검을 뽑기는 했지만 그래도 정면 대결을 펼칠 필요는 없다.

왜냐하면 나는 혼자가 아니다. 그저 시간을 벌기만 하면 된다.

레벨이 오른 지금의 나라면 오거의 공격을 한 방 정도는—.

"도망치세요! 오거의 일격은 베테랑 전사조차 빈사 상태로 만들어요! 스테이터스가 빈약한 카즈마라면 치명상을 입을 거예요!"

내가 오거를 맞상대하려 했더니 쓰러져 있던 메구밍이 나에게 경고를 했다.

아쿠아가 없는 상황에서 중상을 입었다간 목숨을 잃을지도 모른다.

오거는 다음 공격을 반드시 명중시키겠다는 듯이 두 손을 펼치고 다가왔다.

"저, 저기, 이야기로 풀자. 우리는 대화를 나눌 수 있잖아? 그러니 서로를 이해할 수도 있을 거야."

"동포의 피 냄새를 풀풀 풍기는 놈과 이해는 얼어죽으으으으을!"

험상궂게 생긴 조직폭력배 같은 오거가 노려보자 나는 무심코 오줌을 지릴 뻔 했다.

"카, 카즈마~!"

나는 메구밍의 비통한 비명을 들으면서—!

"아아아아, 이럴 줄 알았으면 저번에 폼 잡지 말고 메구밍과 확 해버릴 걸 그랬어어어어어! 동정인 채로 죽고 싶지 않다고오오오!"

"이, 이 남자! 이 남자는 이럴 때도……!"

죽기 직전에 그런 소리를 늘어놓는 나한테 오거가 달려든 그 순간—.

거무튀튀하고 단단해 보이는 무언가가 거구의 오거를 튕겨냈다.

위기에 처한 나를 구한 이는 물론—.

"이제야 온 거야?! 이럴 것 같아서 미리 갑옷을 걸치라고 말한 거라고!"

"하, 하지만 계속 걸치고 있다간 갑옷에 땀 냄새가 밸 것 같아서……!"

얼굴이 붉히며 변명을 늘어놓는 건, 방금까지 마차 안에서 갑옷을 입고 있었던 다크니스였다.

다크니스는 대검을 들더니 방금 태클로 튕겨낸 오거와 대치했다.

오거의 공격은 위협적이지만 갑옷을 걸친 이 녀석이라면 장기전도 버텨낼 수 있다.

다크니스가 시간을 버는 사이, 내가 다른 모험가들을 깨운다면…….

"죽여주마!"

내가 작전을 말하기도 전에 다크니스가 무시무시한 소리를 하면서 오거에게 달려들었다.

물론 오거는 간단히 공격을 피했으나 다크니스는 쉴 새 없이 검을 휘두르며 공격했다.

"다크니스, 무리하게 공격할 필요 없어. 다른 모험가들이 일어날 때까지 시간만 벌면……."

말을 이으려던 나는 다크니스가 이상하다는 사실을 눈치챘다.

"카, 카즈마, 다크니스가 좀 이상한 것 같지 않나요? 평소에는 저렇게 공격적이지 않았잖아요."

다크니스는 거친 숨을 내쉬면서도 희희낙락하며 오거를 쫓아다녔다.

평소의 마조히스트 기사는 어디 간 건지, 오거에게 반격을 당해도 아무렇지 않게 갑옷으로 공격을 막아낸 다크니스는 그대로 쉴 새 없이—.

"하하하하하! 후하하하하하하하!"

"어이, 다크니스! 어디 사는 악마처럼 웃어대지 마! 아니,

갑옷 때문이지?! 갑옷이 원인 맞지?!"

다크니스가 걸친 칠흑색 갑옷.

그것은 햇빛을 반사할 뿐만 아니라, 요사한 빛을 뿜고 있었다.

저주인지 가호인지는 모르겠지만 저 갑옷 때문에 다크니스가 이상해진 것이 틀림없다.

갑옷은 나중에 홀랑 벗기기로 하고, 우선 저 오거부터 어떻게 해야 한다!

"어이, 누님! 좀 한대이! 복근도 짝짝 갈라져 있재? 내 여자가 될 생각 읍나?"

"좋다. 네놈은 갈가리 찢어 죽여주마!"

성급한 다크니스는 상대의 도발에 그대로 넘어갔다.

이 상황에서 위기감을 느낀 나는 모험가를 깨우는 것보다 다크니스를 지원하는 것을 우선하기로 했다.

활로 엄호하는 것도 좋겠지만 역시 이럴 때는 최근에 익힌 마법으로—!

"이거나 먹어! 『플래시』—!!"

"크아아아아악?!"

내가 섬광마법을 펼친 순간, 강렬한 빛이 뿜어졌다.

그 빛은 다크니스와 대치하고 있던 오거와—.

"끄아~! 아, 안 보여어어어어어엇!"

"뭐, 뭐하는 거예요?! 자기 마법에 자기가 당하면 어쩌냐고요!"

빛을 쳐다본 나도 시야가 차단되고 말았다.

젠장, 스킬을 제대로 시험해보지 않은 바람에……!

동료들 앞에서 각성 데뷔 같은 걸 할 생각 말고 미리미리 스킬을 써볼 걸 그랬어!

"크윽! 빌어먹을 잡것들이……!"

눈이 아파서 지면을 뒹굴며 시력이 돌아올 때까지 기다리고 있을 때 근처에서 오거의 목소리가 들렸다.

다크니스가 시력을 잃은 오거의 숨통을 끊어준 것이리라.

"카즈마는 바보인지 천재인지 알다가도 모르겠네요."

나는 눈을 감은 채 어이없다는 투로 그렇게 말하는 메구밍의 손을 잡고 걸으면서—.

"내, 내가 이런 고생을 하는 것도, 전부 가출한 그 녀석 탓이야! 만나면 혼쭐을 내줄 거라고~!!"

어디 있는지도 모르는 아쿠아를 향해 고함을 질렀다.

막 간 잉여신 극장③

아르칸레티아 행 마차를 타고 약 한 시간이 흘렀다.

"저기, 세실리. 나, 심심해."

"동감이에요, 아쿠아 님. 그럼 슬슬 돌아갈까요?"

내가 별생각 없이 투덜거리자 세실리는 즉시 그렇게 대답했다.

"평소 같으면 그러자고 했겠지만, 이번에는 안 돼 이대로 돌아갔다간, 마왕에게 고통 받고 있는 이 세상 사람들을 구할 수가 없는걸."

한순간, 그냥 돌아가 버릴까 하는 생각이 들었지만 말이다.

"역시 아쿠아 님이세요. 하지만 마차 여행에 질린 심정도 이해가 돼요. 그러니 마부 분에게 부탁해서 잠시 휴식을 취할까요?"

"……안 돼, 세실리. 액셀 마을을 떠나고 얼마 지나지 않았잖아. 안 그래도 늦게 출발했는데, 그러다간 카즈마에게 따라잡히고 말 거야."

나를 마차 대기소로 안내해준 세실리가 아쿠시즈 교회에 대량의 짐을 가지러 간 바람에, 아침 첫 마차를 타지 못했다.

"죄송해요, 아쿠아 님. 좋은 여자일수록 준비에 시간이 걸리거든요."

"흐음, 그럼 어쩔 수 없네. 아쿠시즈교의 여신도들은 하나

같이 좋은 여자잖아."

나도 좋은 여자라는 걸 부각시키기 위해, 앞으로는 외출할 때마다 일부러 지각을 하는 편이 좋을까?

"그건 그렇고, 이 마차는 참 천천히 가네. 저번에 다른 애들과 아르칸레티아에 갈 때는 경치를 볼 여유가 없었거든."

마차의 창문을 통해 밖을 쳐다보던 세실리는 내 말을 듣고 미소를 지었다.

"이 마차는 관광용 저속 마차거든요. 어머나, 아쿠아 님! 저쪽에 꽃게 무리가 있어요. 적의 공격과 햇빛에 의한 건조를 저 단단한 껍질로 지키며, 저렇게 원정을 가죠. 산란 시기가 되려면 아직 멀었으니까, 아무래도 영역 다툼을 하러 쳐들어가는 것 같네요."

"세실리는 참 박식하네. ……잠깐만 있어봐. 이 마차는 관광용이야? 나, 가능한 한 빨리 마왕성에 가고 싶거든?"

꽃게가 신경 쓰이기는 하지만 지금은 그런 걸 신경 쓸 때가 아닌 것 같아.

"아쿠아 님, 관광용 마차를 고른 것에는 이유가 있어요. 비싼 관광 코스는 지위가 높은 손님을 태우기 때문에 실력이 좋은 호위를 고용해요. 아쿠아 님 정도 되는 아크 프리스트께서 해를 입으시는 건 이 세계에 있어 손실 그 자체죠. 바쁠수록 돌아가라는 말도 있으니, 지금은 일단 돌아가도록 해요."

"아하, 실력 좋은 호위에게 보호를 받는 거구나. 그럼 돌아가야겠네."

역시 세실리는 우수해.

"그리고 비용은 아쿠시즈 교단의 경비로 처리할 거니까, 비싼 마차를 타는 편이 좋을 것 같았어요."

"잘했어. 마차는 비쌀수록 좋아. 엉덩이가 아프지 않거든."

바로 그때였다.

"손님, 마차를 세우겠습니다! 아무래도 오거가 꽃게를 사냥하려는 것 같아서 사냥이 끝난 후에 다시 출발하겠습니다!"

마부 아저씨의 말을 듣고 밖을 쳐다보니 오거 몇 마리가 꽃게 무리를 쫓고 있었다.

"저기, 세실리. 오거는 사람을 잡아먹는 도깨비 맞지?"

"아쿠아 님, 오거도 게를 먹고 싶을 때가 있을 거예요."

…………….

"나도 왠지 게가 먹고 싶어."

"어머나, 이런 우연도 다 있네요. 저도 게가 먹고 싶어요. 지금이 제철인 꽃게가 눈앞을 가로질러서 그런 것 같아요."

우리가 마부 아저씨 쪽을 힐끔 쳐다봤더니 그 아저씨는 쓴웃음을 짓고 어깨를 으쓱했다.

"저렇게 꽃게가 많으니까 한두 마리 슬쩍하더라도 오거들이 화내지 않겠죠. 옆에 있는 마차에는 실력이 좋은 호위가 있으니까요. 좀 더 다가가서 게를 잡겠습니까?"

나는 아저씨의 제안을 듣고 더 좋은 아이디어가 생각났다.
"일부러 다가갈 필요 없어. 게가 우리 쪽으로 오게 하자."
"아쿠아 님. 불초 세실리, 아쿠아 님께서 뭘 하시려는 건지 물어봐도 될까요?"
나는 마법을 쓸 준비를 하면서 세실리에게 말했다.
"그게 말이야. 꽃게 무리를 우리 쪽으로 부를 생각이야."
"아쿠아 님, 그 말만으로는 뭘 하시려는 건지 모르겠어요. 어디까지나 프리스트의 감입니다만, 이 패턴에서는 불길한 느낌이……."
나는 세실리가 말을 끝까지 잇기도 전에 마법을 펼쳤다.
"이 마법도 참 오랜만에 쓰네! 오늘은 꽃게 풍년이야! 『포르스 파이어』!"
"풍년은 안 돼요오오오오오오~!"
세실리가 비명을 지르는 가운데…….
내가 날린 푸른색 불꽃을 향해 꽃게 무리와 오거가 일제히—.
"꺄아아아아아~! 이런 상황도 참 오랜만이네, 카즈마 씨~!"
"아쿠아 님의 그런 면도 좋아해요오오오오오!"

제4장 이 사신의 사도와 결판을!

1

"괜한 수고 좀 끼치지 마! 잔말 말고 빨리 벗어! 확 억지로 벗긴다! 저항하지 말라고!"

"안 돼, 하지 마라! 이, 이러면 안 된다……!! 카즈마, 왜 이러는 것이냐! 벌건 대낮에 갑자기……! 짐승처럼 내 육체를 탐하려 하다니……!"

이 멍청이!

"너의 그 빌어먹을 갑옷을 벗으라는 거야! 너, 아까 왜 무식하게 적에게 돌격한 거야?! 저주받은 거지?! 그 갑옷, 저주 걸린 갑옷이잖아!"

"저주 같은 건 걸리지 않았다! 저주 받은 장비품은 한 번 걸치면 착용자에게 재앙을 계속 가져다주며, 죽을 때까지 벗을 수가 없지. 이 갑옷은 벗을 수 있는 데다, 전투 시에 샘솟는 그 고양감은 저주가 아니라 가호다!"

"너, 전투 때 이상해지는 건 인정하는 거냐! 그럼 괜한 소리 할 필요 없겠네! 저주든 가호든 간에 빨리 그걸 벗어! 이,

이익, 저항하지 마! 이 마을에서 가장 비싼 갑옷을 사줄게!"

액셀 마을을 떠난 우리는 그 후에도 호위를 맡은 모험가들과 함께 몇 번이나 전투를 치른 끝에 이곳, 아르칸레티아에 도착했지만—.

"싫다! 한 번 준 물건을 내놓으라고 하는 것이냐?! 정말 그릇이 작구나! 이건 남에게 처음으로 선물 받은 갑옷인 데다, 강력한 마법이 걸린 크루세이더 전용 장비다! 이건 더스티네스 가문의 가보로 삼을 거란 말이다. 결심했다. 마왕을 쓰러뜨릴 때까지, 잘 때나 목욕할 때를 제외하고는 항상 걸치고 있을 거다."

"왜 갑자기 고집을 부리는 건데?! 네가 그걸 걸치고 있으면 공격 마법을 쓸 수 없어! 네가 무턱대고 적진 한복판에 돌격하니까! 그 때문에 이 마을에 오는 동안 얼마나 고생했는지 알아?! 호위를 맡은 모험가들도 매번 울상을 지었다고!"

현재, 아르칸레티아의 길 한복판에서…….

나는 한사코 갑옷을 벗지 않으려 하는 다크니스와 격렬한 말다툼을 벌이고 있었다.

아무래도 다크니스에게 준 이 갑옷에는 이상한 효과가 있는 것 같았다.

착용자의 마음에서 공포를 없애주고 용기를 북돋아주는 효과였다.

제대로 된 크루세이더라면 그 효과는 은총이나 다름없을

것이다.

하지만 우리 파티의 크루세이더에게 있어서 그 효과는 도움이 안 된다.

대체 뭐가 어떻게 된 건지, 전투가 시작되면 다크니스는 남들 말을 깡그리 무시하고 다짜고짜 몬스터를 향해 돌격했다.

이 갑옷은 위즈가 고른 것이라는 점을 깜빡했다.

위즈의 안목이 얼마나 문제가 많은지는 잘 알고 있었는데…….

한편, 옆에서 상황을 지켜보고 있던 메구밍이 입을 열었다.

"카즈마, 이만 포기해요. 이상한 부작용이 있기는 하지만, 저건 좋은 갑옷이에요. 전설급 장비에 버금갈지도 몰라요. 다크니스가 저걸 걸친다면, 저의 폭렬마법을 맞아도 죽지는 않겠죠."

"너도 아무렇지 않게 무슨 소리를 늘어놓는 거야?! 쏠 거야?! 다크니스가 몬스터와 뒤엉켜 있을 때, 폭렬마법을 날리겠다는 소리냐고!"

다크니스는 그 무시무시한 발언을 듣더니 팔짱을 꼈다.

"나는 괜찮다. 옛날에 메구밍의 폭렬마법을 맞았을 때는 의식을 잃었지. 이번에는 안 질 거다."

"좋아요. 이번 여행에서 저의 마법과 다크니스의 방어력 중 어느 쪽이 더 뛰어난지 결판을 내죠."

"그런 건 아쿠아를 데리고 액셀에 돌아간 후에 해! 그리고 적당히 좀 하라고! 다크니스, 계속 고집을 부리면 강제로 그걸 벗겨버릴 거야!"

그렇게 말한 나는 다크니스에게 스틸을 쓰기 위해 손을 내밀……!

"좋다. 어디 해봐라."

"뭐?"

내가 그 말을 듣고 얼이 나간 반응을 보이자 다크니스는 팔짱을 끼고 말했다.

"해보란 말이다. 나는 전혀 상관없다."

……이런 바보 같은 소리를 벌건 대낮에 아무렇지 않게 했다.

"너, 너 지금 무슨 소리를 하는 거야?! 스틸이라고, 스틸! 남들 보는 앞에서 스틸을 당하는 거야. 너, 실은 사람들 앞에서 수치 플레이를 당하고 싶어서……."

"나는 그런 것에 굴하지 않는다! 그리고 나만 네 스틸에 당한 적이 없지. 예전의 나라면 주저할지도 모르지만, 이 갑옷의 가호 덕분에 용기가 샘솟은 지금이라면 그 무엇도 두렵지 않다. 자, 해봐라! 중요한 순간에 얼간이가 되는 네가, 사람들 앞에서 나를 홀랑 벗길 수 있다면 어디 해보란 말이다!"

"벼, 변태! 왜 이렇게 적극적인 거냐고! 네가 지금 무슨 소리를 하는 건지 알긴 하는 거야?! 역시 그 갑옷에 문제가 있어! 그래, 나한테는 무리야! 인정할게! 그러니까 들러붙지 좀 마!"

갑옷의 효과 때문인지 나쁜 쪽으로 폭주하고 있는 변태에게 내가 점점 밀리고 있을 때였다.

"……이상하군요. 저희가 이렇게 시끌벅적하게 떠들어대는데, 아무도 모습을 보이지 않아요. 이 마을 주민들은 대부분 아쿠시즈 교도잖아요. 아쿠시즈 교도의 습성은 호기심 왕성, 성가신 일 및 다툼 환영, 소동에 편승해 피해를 확대시키기, 축제에 환장했음 등등이잖아요. 이렇게 길 한복판에서 다크니스를 홀랑 벗기니 마니하며 떠들어댄다면, 순식간에 몰려들어야 정상일 것 같은데 말이죠."

"민폐만 끼치는 녀석들이기는 하지만, 듣고 보니 이상하네. 전에 이 마을에 왔을 때는 우리한테 종교 권유를 해댔잖아. 그런데……."

마을을 둘러봤지만 통행인이 거의 없었다.

왠지 한산한 것 같은데—.

"이 마을은 꽤 큰 편인데, 사람이 너무 적은 것 같구나. 어떻게 된 거지? 무슨 일이라도 벌어진 건가?"

다크니스는 고개를 갸웃거린 후 나와 마찬가지로 주위를 둘러보았다.

메구밍이 그런 우리에게 제안을 하나 했다.

"무슨 일이 벌어진 건지 물어보도록 할까요. 여기서부터는 걸어서 가거나, 아니면 마차로 갈 수밖에 없잖아요. 그러니 마차도 조달해야 하고요."

2

"어서 오세요! 뭘 주문하시겠어요? 기간한정으로 디저트가 포함된 오늘의 런치가 추천 메뉴예요. 참고로 저희 가게는 아쿠시즈 교도 분들께는 30퍼센트 할인을 해드린답니다. 괜찮으시다면 이걸 작성해주세요!"

미소를 머금은 웨이트리스가 메뉴와 함께 종이를 슥 내밀었다.

그 종이는 물론 아쿠시즈교 입교서였다.

……그러고 보니, 이 마을은 원래 이런 곳이었지.

우리는 정보수집과 점심 식사를 하러 온 가게에서 이 마을 특유의 세례를 받았다.

"……으음, 그럼 오늘의 런치로 부탁해요."

"예! 다른 분은 뭐로 하시겠어요?"

"저는 네로이드와 샌드위치를 부탁해요."

"예!"

웨이트리스는 환한 미소를 지으며 나와 메구밍의 주문을 받았다.

그 뒤를 이어 다크니스가 메뉴를 펼치더니—.

"그럼 나는……."

"흙이나 처먹어."

다크니스가 주문을 하려던 순간, 웨이트리스는 미소 띤 얼굴로 그런 말을 남기고 주방으로 사라졌다.

"…………."

메뉴를 펼친 다크니스가 볼을 붉힌 채 부들부들 떨었고—.

"너, 이 마을에서는 에리스 교도의 펜던트를 숨겨."

"……시, 싫다……."

이 마을에 오자마자 에리스 교도의 펜던트를 보란 듯이 목에 건 다크니스는, 일전에 이 마을에 왔을 때 받았던 그 혹독한 대접에 완전히 빠져버린 것 같았다.

"……그건 그렇고, 점심때인데도 가게 안이 한산하네요. 이 마을은 정신 나간 사람들로 항상 시끌벅적했는데 말이죠……."

아쿠시즈 교도는 홍마족인 메구밍에게 그런 소리를 듣는 이들이다.

그런데 이번에는 예전에 왔을 때만큼 우리를 괴롭혀대지 않았다.

예전에는 마을 안을 걸어 다니기만 해도 쉴 새 없이 억척스러운 종교 권유를 받았는데…….

"이 마을의 아쿠시즈 교도는 교단 최고책임자이신 제스터 님의 지휘 아래, 마왕성으로 이어지는 길에 있는 몬스터를 사냥하러 갔어요."

푸른색 가슴 갑옷을 착용하고 한손에는 메이스, 다른 한

손에는 은색 방패를 장비한 아쿠시즈 교도 누님이 교회 정면에 당당히 서서 기합에 들어간 목소리로 우리에게 말했다.

식사를 마친 우리는 자초지종을 듣기 위해 아쿠시즈 교단의 교회로 향했다.

아까 가게에서는 남들이 쉴 새 없이 다크니스에게 시비를 걸어댔기에 정보 수집을 할 수가 없었다.

"아쿠시즈 교도는 그런 옳은 일도 하는구나."

"저희가 남한테 폐 끼치는 것을 삶의 보람처럼 여긴다는 편견은 버리세요. 아쿠시즈 교단에 관한 나쁜 소문은 사악한 에리스 교도들이 퍼뜨린 거랍니다."

교회를 지키려는 듯 당당히 선 누님이 슬픔에 찬 목소리로 말했다.

"……그런데, 당신은 여기서 뭐하고 있는 거야?"

"대부분의 아쿠시즈 교도가 자리를 비운 탓에, 평소에 저질렀던 사건사고의 대가를 치르고 있어요. 에리스교의 여성 신관을 비롯해, 아쿠시즈 교도가 아닌 이들이 저희 교회에 장난을 치러 오거든요."

"평소에 사건사고를 벌이고 있다는 건 자각하고 있는 거냐! 그런데, 당신 혼자서 괜찮은 거야?"

나는 안면이 있는 이 누님이 약간 걱정됐다.

이 누님은 내가 처음 이 교회에 왔을 때 안내를 해줬던 사람이다.

누님은 내 말을 듣고 미소를 머금더니—.

"괜찮아요. 어슬렁어슬렁 기어들어온 배교자는 이 두툼하고 묵직하며 커다란 메이스를 사용해, 전부 어른으로 만들어줄 거니까요."

"그, 그러지 마! 그런 행동이 아쿠시즈교의 악평으로 이어지는 거라고! ……그런데, 이 마을에 내 동료인 아쿠아란 아크 프리스트가 들르지 않았어? 걔에 관한 정보를 수집하고 싶은데, 이 마을의 가게에서는 제대로 이야기를 나눌 수가 없었거든."

누님은 아쿠아라는 단어를 듣자마자 환한 표정을 지었다.

"오셨어요! 예, 아쿠아 님이 오셨죠! 일전에 온천을 맹물로 만들어버린 걸 가지고 또 혼날까봐 쭈뼛쭈뼛하며 마을에 오셨어요! 이야, 아쿠아 님은 정말 귀여우셨어요! 사실 이 마을의 아쿠시즈 교도가 전부 자리를 비운 것도 아쿠아 님의 말씀 때문이에요! 아아아아, 실은 저도 몬스터를 사냥하러 가고 싶었어요……! 유감스럽게도 가위 바위 보를 져서 이렇게 남게 됐죠."

누님은 엄청난 속도로 말을 늘어놓은 후 발치에 있는 돌을 걷어찼다.

그 돌이 다크니스의 정강이 갑옷에 닿았지만 누님은 전혀 미안해하지 않았다.

"아쿠아의 명령으로 몬스터 사냥을 하게 됐다고? 그게 무슨 소리야? 좀 자세하게 이야기해줘."

"아쿠아 님께서 말씀하셨어요. 「그대들~, 매일같이 정순하고 올바르게 자신의 길을 나아가는 아쿠시즈 교도여. 이 마을에서 마왕성으로 이어지는 길을 여행자들이 안전하면서도 신속하게 지나다닐 수 있도록, 강하고 듬직하며 멋진 그대들이 여행자를 위협하는 몬스터를 해치우는 거예요. 그러면 마왕이 퇴치된 후 이 세계에 강림한 지나가던 아쿠아 님이, 실은 제가 여신이었어요! 라고 말하며 이곳에 놀러올지도 몰라요. 그리고 그대들 한 사람 한 사람에게 감사와 칭찬의 말을 건넬지도 몰라요」…… 하고요."

누님은 내 말을 듣더니, 아끼는 갑옷에 돌이 명중한 바람에 울상을 짓고 있는 다크니스에게는 눈길도 주지 않은 채 황홀한 표정으로 그렇게 말했다.

위화감이 느껴지네.

……그래. 아쿠아를 대하는 이 누님의 태도가 이상해.

마치—.

"혹시 아쿠시즈 교단 사람들은 이미 아쿠아의 정체를……."

나는 무심코 그렇게 말했지만 액셀 마을에 파견된 세실리란 프리스트의 태도를 떠올려보면 이미 답은 나온 것이나 다름없었다.

"당연하잖아요. 저희의 맑디맑은 혜안은 옹이구멍이 아니에요."

이 녀석들, 제정신으로 하는 소리인가?

"하지만 당신들은 저번에 아쿠아를 가짜라고 부르며 돌팔매질을……."

"그건 아쿠시즈 교도의 탈을 쓴 에리스 교도의 짓이에요. 저는 기억에 없군요."

어이, 얼굴에 철판 깔고 거짓말 하지 말라고.

아니, 그것보다 아쿠아는 대체 무슨 생각으로 아쿠시즈 교도들에게 그런 일을 시킨 것일까.

……혹시, 우리가 쫓아오기를 기대하고 있는 건가?

진짜, 가출한 어린애가 자신을 빨리 찾아주기를 바라는 듯한 상황이다.

이렇게 성가신 일을 할 바에야 그냥 천천히 이동하면 될 텐데.

그 녀석은 진짜 툭하면 사람을 귀찮게 한다니깐……!

"저기, 아쿠아는 혼자였나요? 마검을 지닌 밥맛 미남이나 박복해 보이는 홍마족과 같이 있지는 않았나요?"

"아, 그런 사람들도 있었어요. 마을 밖까지 아쿠아 님을 배웅했을 때, 비싸 보이는 검을 지닌 미남이 투기에 실패해서 빈털터리 신세인 저한테 과시하듯 비싸 보이는 마차에 타고 있었죠. 저의 필살 눈웃음도 통하지 않는 분이었어요."

이 사람도 인간적으로 문제가 많다는 게 어렴풋이 드러나네.

그건 그렇고 아쿠아는 미츠루기 일행과 무사히 합류했구나.

이걸로 일단은 안심해도 될 것이다.

"그래. 아쿠아는 그 녀석들에게 보호받고 있는 건가……. 아, 혹시 이 마을에는 마차를 빌려주는 가게가 있느냐? 좀 비싸도 되니까, 발이 빠른 마차가 필요한데……."

"저희 교회가 보유한 말이 이 마을에서 가장 빠를 거예요. ……하지만 여신 에리스의 개인 당신은 그냥 네 발로 바닥을 기어가면 되잖아요. 사악한 에리스 교도에게는 그런 짓거리가 어울…… 아앗?! 이 배교자, 뭐하는 것이냐!"

결국 인내심이 바닥난 건지 여신도와 드잡이를 시작한 다크니스를 말린 나는, 주머니 사정이 나쁜 이 아쿠시즈 신도에게 대량의 에리스 지폐를 내밀었다.

"미안하지만, 그 녀석을 빌려주지 않겠어? 돈이라면……."

"여러분에게 여신 아쿠아의 축복이 함께하기를!"

3

우리는 메구밍의 마력이 회복되도록 아쿠시즈 교회에서 하룻밤을 묵은 후, 마차를 타고 아쿠아를 쫓았다.

아쿠시즈 교도의 몬스터 박멸 캠페인 덕분인지 오랫동안 방치되어 있던 길을 따라 이동하는데도 매우 순조로웠다.

순조로운 건 다행이지만…….

"어이, 다크니스. 순조로운 건 좋지만, 마차를 너무 빠르게 모는 거 아냐? 속도를 좀 낮춰도 될 것 같은데. 아쿠시즈 교도가 힘쓰고 있다고는 해도, 몬스터를 완전히 근절시킨 건 아닐 거야. 몬스터가 갑자기 튀어나오면 말이 놀랄 거라고."

내가 그렇게 말했지만 마부석에서 말을 몰고 있는 다크니스는 침묵을 지켰다.

적은 인원으로 여행을 할 거면 말이 끄는 마차도 가능한 한 작은 편이 좋다.

말 두 마리가 끄는 이 마차는 2인용이다.

마부석에는 말을 모는 다크니스가 앉았고, 나와 메구밍은 그 뒤편에 나란히 앉아 있었다.

"저기, 다크니스……? 아까부터 너무 빠른 것 같아요. 아쿠아가 걱정되는 건 알지만, 너무 서두르다간 말에 문제가 생길 거예요."

나뿐만 아니라 메구밍도 이 속도에 불안을 느낀 건지 충고를 했다.

"…………."

하지만 다크니스가 속도를 늦추지 않자 나는 위화감을 느끼고 다시 말을 걸었다.

"어이, 내 말 들은 거야? 너무 빠르다고. 속도를 좀……."

내가 말을 이으려던 순간, 다크니스가 울상을 지은 채 나를 돌아보더니—.

"……말이, 내 명령에 따르지 않는다……."

“““…………””

우리는 무심코 입을 다물었다.

“아르칸레티아에서는 말조차도 아쿠시즈 교도에게 세뇌된다는 말을 들은 적이 있다. 그래서 아쿠시즈 교도의 말만 듣는다던데…….”

“세워어어어어어~!”

“앗! 카즈마, 저기 좀 보세요! 마차 구석에 아쿠시즈교 입교서가 놓여 있어요! 저희가 당했어요! 그 신도가 판 함정에 저희가 빠진 거라고요!”

마차가 폭주를 하는 가운데, 나는 아쿠시즈 교도가 제정신이 아니라는 점을 다시 실감했다.

“으으으으, 젠장~! 마왕군보다 먼저 아쿠시즈 교도를 이 세상에서 지워야 해~!”

“카, 카즈마! 저희를 대표해서, 이 입교서에 사인을……!”

“어, 어이, 내 말을 들어라! 자, 워~ 워~! 내가 시키는 대로 하면 나중에 신선한 채소를 주마! 방금 따서 펄쩍펄쩍 뛰는 녀석을 주지!”

다크니스가 필사적으로 말을 달래는 사이, 나는 머리를 감싸 쥐었다.

입교서를 손에 쥔 메구밍이 폭주하는 마차 안에서 균형을 잃고 쓰러진 바로 그때였다.

“아앗, 전방에 사람이 있다! 카즈마, 어떻게 하지?! 이대로 가다간, 앞에 있는 사람을 치고 말 거다!"

앞쪽을 쳐다보던 다크니스가 절박한 목소리로 그렇게 외쳤다.

격렬하게 흔들리느라 균형을 잡을 수 없는 마차 안에서 어찌어찌 앞쪽을 쳐다보니, 그곳에는 사람이 있었다.

한두 명이 아니다!

이대로 가다간……!

"확 밀어버리죠."

………….

"괜찮아요. 다크니스, 이대로 확 밀어버리세요."

"메, 메구밍?!"

다크니스가 질린 표정으로 메구밍을 쳐다보는 가운데, 나는 그제야 전방에 있는 이들의 정체를 눈치챘다.

"괜찮아요. 아예 자근자근 밟아버리세요! 저 집단의 선두에 선 사람은……!"

저 집단도 마차가 다가오고 있다는 사실을 눈치챈 것 같았다.

사람들이 허둥지둥 길을 비키는 가운데, 한 남자가 길 한복판에 당당히 섰다.

그 사람은 마차에 탄 메구밍을 보더니 고함을 질렀다.

신관복 위에 강철 가슴 갑옷을 걸친 백발의 아저씨는 우리를 향해 힘차게 손을 흔들었다.

"이야, 메구밍 양! 오랜만입니다! 저를 기억하십니까? 저는 아쿠시즈 교단, 최고책임자인……!"

성큼성큼 앞으로 나선 최고책임자란 양반을 폭주하는 마차가 그대로 쳤다.

4

"『힐』! 『힐』! ……어때? 좀 나아졌어?"

말이 폭주한 원인 자체는 아쿠시즈 교도에게 있지만, 나는 우리가 탄 마차에 치인 이 아저씨에게 얼마 전에 익힌 힐을 연이어 걸어줬다.

"예, 꽤 좋아졌습니다. 뭐, 제가 직접 고쳐도 되지만 역시 젊은이가 걸어준 힐은 각별하군요! 상처만이 아니라 마음도 치유되는 것 같습니다!"

"역시 제스터 님은 취향의 폭이 넓어! 진짜 대단하다니깐……!"

"『구멍만 달렸으면 오크라도 괜찮다』가 제스터 님의 좌우명이잖아! 장난 아냐! 제스터 님은 진짜 장난 아니라고!"

내가 힐을 거는 사이, 이 제스터란 남자는 아쿠시즈 교도들에게 어이없는 소리를 들었다.

으음, 이 아저씨가 아쿠시즈 교단에서 가장 높은 양반인 거지?

“오랜만입니다, 메구밍 양. 하지만 마주치자마자 이렇게 따끔한 맛을 볼 거라고는 생각도 못했군요. 이렇게 되면 사죄의 의미로 아쿠시즈 교단에 들어와 주시거나 이성으로서 저와 교제를 해주셔야겠습니다.”

“미리 말해두겠는데, 당신네 교단에서 빌린 말이 폭주해서 제스터 씨를 친 거예요. 말한테까지 정신 나간 짓을 하지 말아주세요.”

어처구니없는 소리를 늘어놓는 아저씨에게 그렇게 대꾸한 메구밍은 땅이 꺼져라 한숨을 내쉬었다.

그 아저씨는 나를 향해 고개를 돌리더니—.

“카즈마 님, 당신에 대한 이야기는 익히 들었습니다! 저를 그냥 제스터라고 부르거나, 아빠, 달링, 아버님 등, 마음에 드는 호칭으로 불러주시죠.”

“어이, 메구밍. 너, 지인은 가려서 사귀는 편이 좋을 거야.”

“저도 좋아서 이 사람과 지인이 된 게 아니거든요?! 그리고 카즈마도 이 사람들에게 물들지 않도록 조심하세요.”

나는 메구밍의 충고를 들은 후 다시 주위를 둘러보았다.

남녀노소가 뒤섞여 있는 집단이었다. 복장과 장비도 제각각 달라서 뭐하는 이들인지 한눈에 알 수 없었다.

하지만 딱 하나, 공통되는 점이 있었다.

그것은 바로—.

“당신, 상당한 미남이네! 저기, 오빠라고 불러도 돼?”

"무슨 소리를 하는 거야?! 확실히 멋진 미남 오빠지만, 아쿠시즈 교도가 아닌 사람을 오빠라고 부르겠다니……. 어리광을 부릴 오빠를 가지고 싶은 건 알아도 아쿠시즈 교도 중에서 찾아봐. 미남이라 아쉽긴 하네……."

"알았어……. ……저기, 오빠. 오빠는 아쿠시즈 교도를 싫어해?"

싫어하진 않아.

나는 불안한 표정으로 쳐다보는 여자애를 향해 그렇게 말하고 싶었으나 목까지 올라온 말을 입 밖으로 토하지는 않았다.

내가 대답을 하지 않자 그 여자애와 모친으로 보이는 이는 다른 신도에게 손을 내밀어 터치를 했다.

그리고 방금 터치를 한, 하늘거리는 고스로리 옷을 입은 귀여운 소녀가 나를 올려다보고—.

"저기……. 오라버니, 라고 불러도 될까요?"

"당연히 안 되지! 목소리 들어보니 딱 남자네! 제스터란 아저씨도 그렇고, 너도 그렇고, 아쿠시즈 교도는 성별도 안 가리는 거냐?!"

"그런 게 아니에요! 저는 제스터 님과 마찬가지로, 남자 여자 안 가리고 다 좋아할 뿐이란 말이에요!"

"입 다물고 꺼져! 특이 취향 별종은 마조히스트 크루세이더만으로 충분하다고!"

"뭐어?!"

다크니스가 납득할 수 없다는 듯이 자기 자신을 손가락으로 가리키며 깜짝 놀라는 가운데, 나는 고스로리 소년을 쫓아냈다.

하아, 이 녀석들과 말을 섞기만 해도 피곤하네.

하지만 이곳에는 우리보다 더 지친 녀석이 있었다.

그 사람은 바로—.

"꽤 호되게 당한 것 같네. ……꼴이 많이 아닌걸."

"시끄러워……. 첫, 네가 왜 여기 있는 건데? 이 앞에는 마왕군을 상대하기 위해 전선기지가 된 조그마한 마을 밖에 없다고. 아, 기분 되게 더럽네……! 이상한 집단하고 시비를 붙은 걸로 모자라, 지금 가장 보고 싶지 않은 녀석과 마주쳤잖아!"

그 프리스트는 그런 소리를 늘어놓고 화풀이하듯 지면의 돌을 걷어찼다.

나를 죽인 사신 숭배자이자 마왕군 간부인 세레나가 액셀 마을의 경찰서에서 탈주했다는 이야기는 들었지만, 어찌된 건지 핼쑥한 얼굴로 아쿠시즈 교도에게 둘러싸여 있었다.

아무래도 몬스터 사냥을 하던 아쿠시즈 교도들이 프리스트 복장을 한 세레나에게 시비를 건 것 같았다.

특이 취향 별종 취급을 당한 다크니스는 풀이 죽었고 표정이 굳은 메구밍이 전투태세를 취한 가운데, 여전히 분위기 파악을 못한 아쿠시즈 교도가 세레나에게 성희롱을 했다.

"큭! 프리스트가 이렇게 음란한 몸을 지니다니……! 목적이 뭐냐! 어느 마을 어느 종파의 프리스트인지 밝혀!"

"맞아요! 다음에 우리가 놀리러 갈 테니까 가르쳐줘요!"

"앗! 뒤편에서 보니 이 누님의 브래지어 끈이 비쳐 보여! 저 발칙한 사이즈의 가슴을 보면, 에리스 교도는 아닌 건가……?!"

"잠깐만 있어봐. 종파에 따른 가슴의 성장 보정은 신빙성이 없다는 논문이 학회에 제출됐어. 통계에 참고할 테니까, 어느 종파인지 밝혀! 구체적으로 어느 마을에 있는 교회에 몇 시에 가면 만날 수 있는지 알려줘! 성전이란 미명 하에 용감히 성희롱을 하러 가려는 건 아니니까, 안심해!"

"…………이, 이 자식들, 적당히 좀 하라고……."

나는 인내심이 바닥난 세레나를 향해 말했다.

"……마침 적당한 타이밍에 너와 마주쳤네. 마침 잘 됐어. 너한테는 물어볼 게 있거든. 네가 나를 죽인 건 열 받지만, 질문에 대답해준다면 이번에는 눈감아줄 수도 있어."

세레나는 내 말을 듣더니 한심하다는 얼굴로 나를 쳐다본 후―.

"퉷."

""""아앗!""""

대답 대신이라는 듯이 지면에 침을 뱉었다.

그 뻔뻔한 태도를 본 아쿠시즈 교도들이 언성을 높였다.

“흥. 헛소리는 사람을 가려서 해. 내가 왜 너 따위의 질문에 답해줘야 하는데? 아니면 뭐야? 또 나한테 대가를 지불할 거야? 뭐, 너 같은 걸 꼭두각시로 만들 생각은…………어, 어이! 이 자식들이 뭐하는 거야?! 잠깐, 하지 마……! 내가 침을 뱉은 곳을 파서 뭘 하려는 건데?!”

그 지적대로 수많은 아쿠시즈 교도들이 세레나의 침이 묻은 흙을 차지하기 위해 다투기 시작했다.

으음, 레벨이 너무 높아서 따라갈 수가 없다.

어디에 쓰려는 건지는 모르겠지만 흙 쟁탈전에서 승리한 제스터는 소중한 보물처럼 그 흙을 병에 담아서 품속에 넣었다.

“……휴우. 동지들이 못난 모습을 보였군요. 죄송합니다, 아가씨.”

“잠깐만, 네가 그딴 소리 하지 말라고! 불쾌한 짓 좀 작작하란 말이야! 애초에 너희는 대체 뭐야?! 아까부터 이렇게 멋대로 굴고 있으면서, 누구 한 사람 빚을 졌다고 생각하지 않는 거냐고! 실컷 성희롱을 했으면 여러모로 나한테 감사해야 하는 거 아니냐고!”

세레나가 그렇게 외치자 제스터는 두 손을 활짝 펴고 대꾸했다.

"감사?! 그야 물론 감사하고 있습니다! 저희가 모시는 신께 말이지요! 아아, 오늘의 이 행운도, 저희의 평소 행실과 신앙 덕분에 찾아온 것일 테죠……! 아아, 감사하옵니다! 감사하옵니다……!"

제스터는 그렇게 말한 뒤 세레나를 향해 고개를 깊이 숙였다.

"이 정신 나간 집단은 대체 뭐냐고! 진짜 영문을 모르겠네! 그것보다 카즈마, 너는 왜 멀쩡한 거야? 너한테는 분명 데스를 걸었…… 어이, 아저씨! 너, 고개를 숙이는 척 하면서 내 팬티를 훔쳐보려고 했지?! 적당히 좀 해! 확 죽여 버린다!"

세레나가 아무리 언성을 높여도 아쿠시즈 교도들은 전혀 겁먹지 않았다.

"아쿠아란 프리스트가 있었지? 그 녀석이 실력 하나는 끝내주거든. 걔가 소생 마법으로 되살려줬어. ……그것보다, 너한테 물어볼 게 몇 개 있어."

나는 어떻게든 설득을 해보려 했고 세레나는 허리 뒤편에 차고 있던 메이스로 나를 겨눴다.

"그러니까 내가 왜 네 질문에 답해야 하는데? 힘으로라도 나를 실토하게 만들 거야? 레벨이 내려갔다고는 해도, 여기 있는 녀석들을 제압할 힘은 있거든? ……그리고 보아하니, 소생 마법을 쓸 수 있다는 그 프리스트는 여기 없는 것 같은데? 그런데도 나와 싸울 거야? 응?"

세레나는 복수의 여신이 내려주는 가호를 지녔다.

그것이 있는 한 자신에게 아무것도 할 수 없다고 생각하는 건지 자신만만한 미소를 지었다.

역시 썩어도 마왕군 간부다. 레벨이 낮아졌는데도 자신감과 여유가 넘쳐흘렀다.

다크니스는 으드득 하는 소리가 날 정도로 주먹을 세게 쥐었고 메구밍의 눈이 붉게 빛난 바로 그때, 세레나가 말했다.

"그건 그렇고, 아쿠아라고 했지? 네가 아니라 그 여자부터 먼저 죽여 버릴걸 그랬어. 하아, 실수했네……."

—이 공간의 분위기가 순식간에 얼어붙었다.

세레나의 뒤편으로 가서, 비쳐 보이는 브래지어 끈을 보려고 하던 아쿠시즈 교도.

에리스 교도인 다크니스에게 돌을 던지던 어린 아쿠시즈 교도.

아까부터 졸린 표정으로 심심해하고 있던 여자 아쿠시즈 교도.

……그리고.

"방금, 뭐라고 하셨습니까?"

세레나의 속옷을 훔쳐보려고 지면에 드러누워 포복 전진을 하고 있던 제스터가 물었다.

얼굴에서 표정이 사라진 아쿠시즈 교단 최고책임자는 조용한 목소리로 그렇게 묻더니 무릎에 묻은 흙을 털고 몸을 일으켰다.

분위기가 달라진 것을 눈치채지 못한 세레나는 나한테 겨눴던 메이스를 어깨에 걸치며 입을 열었다.

"응? 아쿠아라는 그 얼빠진 여자를 죽일 걸 그랬다고 말했어. ……자, 카즈마. 어떻게 할 거야? 이제 나도 거의 한계거든? 살고 싶으면 목숨을 구걸해. 네가 성가신 상대라는 건 알고 있어. 너를 상대하는 건 귀찮으니까, 무릎을 꿇고 손이 발이 되도록 싹싹 빌면 눈감아줄 수도 있어. 아, 그래도……."

세레나는 여유 넘치는 미소를 흘리면서 말을 이었다.

"이 녀석들은 안 돼. 네 지인 같지만, 내 심기를 제대로 건드렸거든. 여기는 마왕령 근처니까 기사도 쫓아오지 못하겠지. 자, 어떻게 할 거야?"

세레나는 자신만만한 말투로 그렇게 말했다.

"카즈마 님. 이 아가씨가 누구인지, 저에게 소개해주시지 않겠습니까?"

방금까지의 장난스러운 분위기가 싹 사라진 제스터는 억양과 감정이 느껴지지 않는 무미건조한 목소리로 그렇게 말했다.

내가 세레나에게 정체를 밝혀도 되는지 시선으로 물어보자—.

"소개해 줘. 어차피 이 녀석들을 살려 보낼 생각은 추호도 없거든. 내가 누구인지 알고 후회하며 죽어 나자빠지라고."

아쿠아에게 버금갈 정도로 분위기 파악을 못하는 세레나가 그렇게 말했고, 나는 그녀를 이 자리에 있는 이들에게 소개해주기 위해 손으로 가리키며 입을 열었다.

"이쪽은 사신 레지나를 숭배하는 다크 프리스트이자, 아쿠아가 마음에 상처를 입을 정도로 마구 괴롭혀서 그녀가 액셀 마을을 떠나게 만든, 마왕군 간부 세레나입니다."

그리고 얼굴에서 표정이 사라진 채 침묵에 잠겨 있는 아쿠시즈 교도들을 손으로 가리키면서—.

"이쪽은 아르칸레티아에서 온 악명 높은 아쿠시즈 교단 여러분과, 아쿠시즈 교단 최고책임자인 제스터 씨입니다."

—내가 소개를 마치자, 쿵 하는 소리가 들렸다.

무슨 소리인가 싶어 고개를 돌려보니…….

창백해진 얼굴로 진땀을 비 오듯 흘리며 사시나무 떨듯 떨고 있는 세레나가, 손에 쥐고 있던 메이스를 놓친 소리였다.

5

마왕성으로 이어지는, 지금은 왕래하는 사람이 거의 없는 좁은 길.

평소 인기척이 없고 벌레소리와 새소리만 들리는 이곳에서—.

""""매~달~아~! 매~달~아~!""""

"아아아아아안돼애애애애애애애애애앳!!"

눈에 핏발이 선 여자 아쿠시즈 교도들과 나무에 달아매어진 채 울부짖고 있는 세레나의 목소리가 주위에 울려 퍼졌다.

커다란 나무에 달아매어진 채 얼굴이 눈물과 콧물로 범벅이 된 세레나는 공포에 질린 얼굴을 하고 필사적으로 호소했다.

"자자자, 잘모태써요! 용서해주세요! 몰랐어요! 그그그, 그 여자가, 여신인 줄 몰랐다고요!"

"아앙? 너, 지금 그 여자라고 했어? 위대한 우리의 신을, 그 여자라고 부른 거야?"

"히익! 자자, 잘모태써요!"

세레나가 입을 열 때마다 여신도들은 분노에 사로잡혔다.

커다란 나뭇가지에 밧줄을 걸더니 핏발선 눈으로 줄다리

기를 하듯 밧줄을 당기는 모습은 어디에 내놔도 부끄럽지 않은 광신도 그 자체였다.

메이스를 놓친 후 부들부들 떨며 도망치려 했던 세레나는 그대로 잡히고 말았다.

그리고 밧줄에 꽁꽁 묶이더니 여신도들에 의해 처형을 당할 위기에 처했는데…….

"으, 으음. 미안한데, 저 녀석한테 좀 물어볼 게 있어. 이제부터 내가 알아내려는 건 아쿠아한테도 도움이 되는 정보니까, 좀 협력해주지 않을래?"

나는 아쿠시즈 교도의 악행에 살짝 질린 상태로 그렇게 말했다.

그러자 나무에 달아매어진 세레나가 몸을 비틀며 나에게 애원했다.

"카, 카즈마~! 사……살려줘! 뭐든 다 말할 테니까 살려만 줘! 나하고 너의 사이잖아?! 한 때는 같이 레지나 님을 모신 사이 아냐?! 억지를 부리는 너한테 호사를 누리게도 해줬고, 내가 매일같이 부업을 하며 너를 먹여 살렸다고! 뭐, 마지막에는……, 싸우기도 했지만! 그래도 한 지붕 아래에서 오랫동안 같이 잠을 잤던 깊은 사이……, 아얏! 어이, 하지 마! 이익, 하지 말라고! 뭐하는 거야?!"

메구밍이 세레나의 말을 막으려는 듯이 그녀를 향해 돌팔매질을 했다.

세레나의 이마에 돌이 명중하자 메구밍의 이마에도 혹이 생겼다.

레벨 1이 되었지만 저주는 건재한 것 같았다.

뭐가 마음에 안 드는 건지는 모르겠지만 또 세레나에게 돌을 던지려 하는 메구밍을 다크니스가 말리는 가운데, 나는 그녀를 진정시키기 위해 힐을 썼다.

느닷없이 화를 내던 메구밍은 내가 걸어준 힐이 기분 좋은지 눈을 가늘게 떴다. 그리고 그런 우리의 행동을 지켜본 세레나는 그제야 뭔가가 생각났는지 말을 늘어놓았다.

"마, 맞아! 나를 죽이면 방금처럼 레지나 님의 힘에 의해 너희도 죽을 거야! 레지나 님은 복수의 여신이거든! 나한테 한 짓은 그대로 되돌아간다고! 이건 허풍이 아냐! 이해했으면 빨리 나를 풀어! 이렇게 높은 곳에서 떨어지면 나는 죽어! 그렇게 됐다간, 방금 나를 매단 녀석들은 나와 함께 다 죽어 나자빠질 거라고!"

세레나는 그렇게 말하고 의기양양한 표정을 지었지만 아쿠시즈 교도는 눈썹 하나 까딱하지 않고 태연한 어조로 대꾸했다.

""""그게 뭐 어쨌다는 거야?""""

그 비정상적인 발언은 세레나뿐만 아니라 우리 세 사람도 경악하게 했다.

무슨 말을 들은 건지 모르겠다는 표정을 짓고 있는 세레나를 향해 한 여신도가 밝은 목소리로 말했다.

"뭔가 착각을 하고 있는 것 같군요. 저희는 다름 아닌 아쿠시즈 교도랍니다. 아쿠시즈 교도는 죽은 후, 아쿠아 님의 곁으로 보내지죠. 그래요. 저희가 경애하는 아쿠아 님의 곁으로! 그리고, 그리고……! 저희는 아쿠아 님께서 관리하시는 세계에서 전생해요! 바로 일본이란 이름의 낙원에 말이에요!"

"어."

이 신도, 방금 뭐라고 했지?

왜 이 상황에서 일본이 언급되는 거냐고.

망연자실한 세레나에게 다른 신도를 대표해서 제스터가 말했다.

"일본. 그곳은 아쿠아 님의 말에 따르면 낙원과도 같은 꿈의 나라입니다. 저 같은 양성애자도 떳떳하게 살 수 있고…… 그 뿐만 아니라! 온갖 취향의 소유자를 위한, 다양한 종류의 특수한 책이 잔뜩 있다고 들었죠! 그래요! 이단이나 변태 취급을 당하는 저희가 당당히 가슴을 펴고 살 수 있는 세계입니다!"

어이, 그만해.

"저, 저처럼 여장을 좋아하는 남자애도, 그곳에서는 수요가 있다고 해요! 나, 낭자애라고 한다던데……!"

어이, 진짜로 그만하라고.

"그곳은 굶주릴 일도 없고, 치안이 좋으며, 몬스터를 두려워할 필요도 없는 세계래. 그리고……! 댄디한 아저씨가 뒤엉켜서 으쌰으쌰 하는 책이, 하나의 장르로 확립되어 있대……! 게다가, 게다가…… 조그마한 남자애가 메인인 쇼타책도 팔고 있다지 뭐야……! 나, 나……! 아쿠시즈 교도라 정말 다행이야! 이 세상에 태어나서 정말 다행이라니깐……!"

볼을 붉힌 누님이 울먹거리며 그렇게 외쳤다.

……아아, 그래.

이 녀석들은 이미 갈 데까지 갔구나.

그런 아쿠시즈 교도들의 호소를 들은 세레나가 울상을 짓고 중얼거렸다.

"과…… 광신도……!"

나도 세레나의 저 말에는 동감한다.

"자아……."

제스터가 가벼운 어조로 그렇게 말하자 나무에 달아매어진 세레나가 온몸을 부르르 떨었다.

"그럼 카즈마 님의 질문에 답해주시겠습니까?"

제스터는 온화한 어조로 그렇게 말했고 세레나는 새파랗게 질린 얼굴로 그와 나를 번갈아 쳐다보았다.

나는 그런 세레나를 향해 말했다.

"그럼 마왕군에 대해 알고 있는 걸 전부 말해주실까? 성에 어떤 적이 남아있는지, 그리고 그 적의 약점이 뭔지 말이야. ……물론 마왕에 대해서도 아는 걸 다 털어놔."

6

"오늘 날짜면, 마왕의 딸은 이미 군을 이끌고 성을 출발했겠지. 즉, 성을 지키는 간부는 한 명도 없지만, 이것에는 다 이유가 있어."

나무에 달아매어진 세레나가 여전히 꽁꽁 묶인 채 담담한 어조로 이야기를 했다.

"옛날에 갓 리치가 된 위즈가 마왕성에 쳐들어온 적이 있어. 그때, 위즈는 성의 결계를 마법으로 찢고 난입했거든. 그 일 이후로 은퇴를 한 최고참 간부가 성의 파수꾼 역할을 하게 됐어."

"최고참 전 간부라면 엄청 강하겠네. 그 녀석은 어떤 식으로 싸우는 거야? 그리고 약점은 없어?"

어느새 얌전해진 세레나는 내 질문에 순순히 답했다.

"진짜 말도 안 되는 녀석이야. 그 녀석은 마왕성 안에 마계로부터 마력을 직접 끌어오는 마법진을 설치했어. 거기서 벗어날 수 없는 대신, 마법진 위에서는 절대적인 힘을 발휘할 수 있지. 마력이 무한정 공급되기 때문에 상처를 입어도 바로 회복되고, 항상 강력한 결계로 자기 자신을 감싸고 있어서 웬만한 공격은 통하지도 않아. 게다가 강력한 마법사이기도 하거든. 어슬렁어슬렁 성에 다가갔다간, 그 녀석이 무한한 마력으로 날려대는 마법을 맞고 그대로 끝이야."

골치 아픈 적이네…….

"그런 녀석을 대체 어떻게 쓰러뜨리냐고. 그냥 그 녀석을 무시하고 지나갈 방법은 없어?"

내가 그렇게 묻자 세레나는 꽁꽁 묶인 채 어깨를 으쓱했다.

"쓰러뜨리는 건 무리야. 웬만한 화력으로는 그 녀석의 결계를 뚫을 수 없고, 상처를 입히더라도 금방 회복할 거야. 성의 결계가 없어도 홍마족 전원이 달려들어서 마법을 퍼부어야 겨우 승산이 있으려나. 무시하고 지나가려면, 으음……. 소수 부대로 몰래 다가가는 건 가능하겠지만, 성의 결계를 마법으로 찢으려고 했다간 바로 들킬 거야. 그리고 그 녀석한테 발각되면서 격파당하겠지."

세레나는 자기와는 상관없는 일이라는 투로 그렇게 말했다.

결계를 찢으면 들키는 건가.

하지만 아쿠아가 결계에 구멍을 낸다면 어떨까.

"뭐, 어찌 보면 마왕보다 성가신 상대일지도 몰라. 내가 알기로, 그 녀석이야말로 세계최강의 마법사야."

세계최강의 마법사란 말에 메구밍이 반응했다.

즉 그 녀석이 마법진 위에 있는 한 위즈보다도 더 강하다는 건가?

뭐, 대책은 여행을 하면서 생각해봐야겠다.

그것보다—.

"그럼 이제 마왕에 대해……."

"싫어."

그것만은 말할 수 없다는 듯이 세레나는 딱 잘라 거절했다.

"어차피 나는 곧 처형될 거지? 그럼 더는 말해줄 수 없어. 아니면 지난번처럼 거래라도 하겠어? 조건은 나를 풀어줄 것. 그러면 마왕에 관한 정보를 가르쳐주겠어."

세레나는 그렇게 말하더니 의기양양한 미소를 지었다.

"너, 자기가 그런 소리를 해도 되는 상황이라고 생각해? 잘 생각해봐. 내 뒤편에는 광신도 여러분이 자기 차례가 오기만 기다리고 있거든? 네가 순순히 털어놓게 할 방법이라면……."

"할 수 있으면 해봐. 나한테 고문은 안 통하거든. 왜냐하면, 나한테 고문을 하면 고문을 한 사람도 똑같이 당하게 되지. 자, 죽일 테면 죽여! 그 대신, 네가 원하는 정보는 영원히 어둠속으로 사라질 거야!"

세레나는 될 대로 되라는 투로 그렇게 말한 뒤 미소를 머금었다.

하지만 유심히 보니 그녀의 몸은 희미하게 떨리고 있었다.

허세를 부리고 있지만 어떻게든 살아남아 보려고 필사적인 것이다.

"……그럼, 내가 나서야겠구나."

내가 어떻게 할지 고민하고 있을 때 다크니스가 세레나의 앞에 섰다.

어찌된 영문인지 다크니스는 볼을 붉힌 채 손가락을 꼼지락거리고 있었다.

이, 이 녀석, 설마…….

"내 굳은 의지는 고통 따위에 굴복하지 않는다! 지금부터 고통의 풀코스를 맛보여주지! 누가 먼저 무너지는지 승부해볼까! 뜨거운 게 좋을까……. 아니, 우선……."

"어, 어이! 하지 마, 이 변태야! 이, 이게! 내 신발을 벗기고 뭘 하려……. ……어이. 어, 어이! 내 새끼발가락에 뭘 하는 거야?! 그 벽돌 같은 건 대체 어디서 튀어나온 거냐고! 하, 하지 마! 벽돌 모퉁이로 뭘 하려는 건데?!"

다크니스가 다가가자 세레나는 겁을 집어먹었다.

바로 그때였다.

두 사람을 묵묵히 지켜보고 있던 제스터가 갑자기 괴성을 질렀다.

"신께서 계시를 내리셨도다아아아아아아아~!!"

""""윽?!""""

제스터가 갑자기 고함을 질러서 이 자리에 있는 모든 이들이 흠칫했다.

그럴 정도로 제스터의 반응이 이상했다.

마치 엄청난 깨달음을 얻기라도 한 것처럼 눈을 치켜뜬 채 부들부들 떨고 있었다.

……계시라는 게 대체 뭘까. 불길한 예감만 엄습하는데…….

"저는 엄청난 사실을 눈치챘습니다. 이것은 아쿠아 님께서 내려주신 계시가 틀림없어요……."

"제스터 님, 왜 그러세요?"

"제스터 님, 그 계시가 대체 뭐죠?!"

아쿠시즈 교도들이 시끄럽게 떠드는 가운데, 제스터는 세레나를 똑바로 쳐다보았다.

"레지나 교도인 아가씨. 당신에게 해를 끼치면, 가해한 자도 똑같은 해를 당한다. ……틀림없습니까?"

"어……. 으, 으음……. 맞……아요……."

눈빛이 가라앉은 제스터를 보고 겁먹은 세레나가 머뭇거리며 작은 목소리로 대답했다.

"그럼 하나 더 묻겠습니다. 당신은 아직 처녀인가요?"

"거 대놓고 물어보네! ……이래 봬도 신을 모시는 몸이거든. 이 정도만 말해도 대충 짐작이 되지?"

세레나가 약간 부끄러워하면서 그렇게 말하자 제스터는 자신의 머리를 감싸 쥐고 무릎을 꿇었다.

"아아아아, 이럴 수가! 즉, 남자인 내가! 이 순결한 레지나 교도와 관계를 가진다면……! 그 순간, 나는 남자인데도 처녀를 잃는 고통을 맛볼 수 있는 건가! 이건, 처녀수태에 필적하는 신의 기적이야……!"

"무슨 소리를 하는 건지 모르겠네! 모르겠다고! 알고 싶지도 않아!"

나는 이 아저씨가 무슨 소리를 하는 건지 전혀 모르겠다.

"제스터 님! 저, 저에게! 부디 저에게, 그 기회를 양보해 주십시오! 진정한 의미에서 여자애의 심정을 맛보고 싶어요!"

"약았어요! 항상 제스터 님만 재미 보잖아요!"

"어이! 내가 하겠어! 그런 신기한 체험을 할 기회는 두 번 다시 찾아오지 않을 거야!"

제스터가 그 말을 한 순간, 고스로리 소년을 비롯해 다른 신자들이 우글우글 몰려왔다.

"히익! 안 돼! 하지 마……! 어, 엄마……, 덮치지 마~! 카즈마, 카즈마~! 내가 잘못했어! 전부 다 말할 테니까 말려! 말리란 말이야!"

7

"『파워드』! 『프로텍션』! 『블레싱』! ……저 레지나 교도의 순결은 제가 차지할 겁니다! 저한테 이길 자신이 있다면 얼마든지 덤벼보시죠!"

“약았어! 제스터 님, 이 상황에서 아쿠아 님의 힘을 빌려 지원마법을 쓰는 건 너무 약아빠진 짓 아니에요?!”

“비겁해! 비겁하다고! 아크 프리스트의 지위를 이용한 직권남용이야!”

세레나를 차지하기 위해 어른스럽지 못하게 주먹다짐을 시작한 아쿠시즈 교도는 내버려두기로 하고, 나는 겁먹은 세레나 앞에서 몸을 웅크리며 입을 열었다.

“어이, 세레나. 네가 살 방법이 딱 하나 있어. 마왕에 대한 걸 순순히 털어놔. 그러면 네가 목숨을 건질 수 있도록 협력해주겠어.”

“저저저, 정말이야?! 진짜로, 저 광신도들한테서 목숨을 건질 수 있는 거지? 믿는다? 그 말, 확 믿어버릴 거라고!”

세레나는 무서워 죽겠는지 꽁꽁 묶인 채 호소하는 눈길로 나를 올려다보았다.

내가 아무 말 없이 고개를 끄덕이자 세레나는 이야기를 시작했다.

“마왕 자식은……. 나이 탓에 전투력 자체는 그렇게 대단하지 않아. ……하지만 그 녀석의 일족이 지닌 특수 능력이 강력하거든. 그 녀석은 그 힘 덕분에 마왕 행세를 한다고 해도 과언이 아냐.”

“……특수능력?”

나는 그렇게 되물었고 세레나는 고개를 끄덕였다.

"그래. 특수능력이야. 너처럼 특이한 이름을 지닌 녀석들처럼, 마왕 녀석도 강력한 힘을 지닌 거지. 어떤 힘이냐면……. 몬스터나 마족은 그냥 마왕의 곁에 있기만 해도 강해져. 빈약한 고블린조차도 중견급 모험가 그룹과 대등하게 싸울 정도로 말이야."

"완전 치트 능력이네."

고블린조차도 그 정도로 강화된다면 마왕의 측근들은 대체 얼마나 강해지는 걸까.

"게다가 그 힘 말고도, 마왕은 부하에게 가호라는 걸 내려줄 수 있어. 너희와 싸웠던 듈라한, 베르디아는 신성 마법에 강력한 저항력을 지녔던 걸 기억하지?"

……스테이터스를 강화해서 약점마저 없애는 거냐. 완전 망겜 그 자체잖아.

내가 어떤 생각을 하는지 눈치챈 세레나는 쓴웃음을 짓고 말을 이었다.

"……마왕을 쓰러뜨리겠다는 생각은 버리는 편이 좋을 거야. 정 그 녀석을 해치우고 싶으면, 부하가 없을 때를 노려서 암살이라도 해. ……뭐, 그 특수능력은 딸내미도 물려받았거든. 딸이 대부분의 마왕군을 이끌고 왕도로 쳐들어간 것도 그래서야. 지금의 마왕은 대군을 이끌더라도 그 정도 힘을 발휘할 수 없어. ……하지만 같은 방에 있는 몬스터를 강화할 수는 있겠지. 즉, 그 녀석이 건재한 동안은 마왕의 친위대 한 사람 한 사람이 간부급의 힘을 지녔다고 생각하면 돼."

다 틀렸다.

마왕이 만만하다면 확 해치워버리자는 생각은 버리는 편이 좋을 것 같았다.

그냥 아쿠아를 회수한 다음에 의욕이 넘치는 메구밍과 다른 녀석들을 설득한 후, 곧장 나와 융융의 텔레포트로 탈출해야겠다.

마왕이 나이가 많아서 머지않아 골로 갈 테니 그 녀석이 수명이 다할 때까지 놀아재끼며 지내자는 작전을 제안하면 아쿠아를 설득할 수 있으리라.

……응. 이게 가장 현실적이다.

그래. 그렇게 하자.

방금 이야기를 들려주면 누구라도 납득할 것이다.

"어이, 이제 됐지? 마왕에 대해서 내가 알고 있는 건 대부분 말했어. 남은 건 나이 먹고 얻은 딸을 애지중지한다거나, 인재 관리 때문에 여러모로 고생하고 있다 같은 것뿐이라고."

"아, 됐어. 저쪽도 슬슬 결판이 난 것 같거든."

나는 세레나에게 그렇게 말하고 제스터를 쳐다보았다.

"핫핫핫! 위대하신 아쿠아 님, 저의 활약을 봐주시옵소서! 지금, 사악한 배교자들을 처리했사옵니다!"

"이 아저씨, 자기 신도들을 배교자라고 말했어!"

"마법 좀 쓸 수 있다고 거들먹거리지 마! 우리에게도 아쿠아 님의 가호가 있다고! 다 같이 해치워버리자!"

혼자서 다른 이들을 압도하고 있던 제스터는 맨손으로 인정사정없이 신도들을 두들겨 팼다.

인격이 붕괴되기는 했지만 역시 한 교단의 최고책임자다. 저 아저씨라면 지원마법을 걸고 맨손으로 오거와 싸우는 것도 무리가 아닐지도 모른다.

이윽고 기분 좋게 땀을 뺀 듯한 표정인 제스터가 수건으로 얼굴을 닦으며 우리에게 다가왔다.

"자, 볼일은 마치셨습니까? 그럼 이제 그 배교자를 저에게 넘겨주시죠."

"히익!"

제스터의 말을 들은 세레나가 부들부들 떨기 시작했고 여신도들이 그런 그녀의 주위에 아무 말 없이 서 있었다.

제스터보다도 여신도들의 눈빛이 더 무시무시했다.

서슴없이 세레나를 죽여 버릴 것만 같았다.

"카즈마……. 카카카, 카즈마……!"

세레나는 애절한 눈빛으로 나를 올려다보았다. 내가 아까 말했던 그 방법이라는 걸 기대하는 것이리라.

나는 그런 세레나의 기대에 부응하기 위해 종이 한 장을

내밀었다.

그것은 아쿠시즈 교도의 마차에 놓여 있던 교단 입교서였다.

즉…….

"그대, 자신의 죄를 뉘우치고 지금의 신앙을 전부 버린 후 여신 아쿠아를 숭배하고, 숭상하며, 모십시오. 경건한 아쿠시즈 교도가 될 마음은 없습니까?"

내가 그렇게 말하자 세레나는 울상을 짓고 말했다.

"지, 진짜로……?"

"—어이, 신참! 눈물 썩 그치지 못해?! 빨리 가자!"

"아, 예! 죄송해요, 선배!"

"오오, 선배라는 호칭 들으니 좋네……! 나도 선배라고 불러!"

"히익! ……그, 그럴게요, 서, 선배……!"

"어이, 신참! 선배들에게 예쁨 좀 받는다고 기어오르지 마. 일단 여기 있는 전원이 마실 네로이드나 사와. 나는 여름 한정 지옥극락 달콤 네로이드야."

"서, 선배……. 겨울이 다 되어 가는데요……."

"방금 뭐랬어?"

"아, 아무 말도 안했어요! 사, 사올게요! 여러 마을을 다 뒤져서라도 꼭 사올게요!"

울먹거리며 억지 미소를 머금은 채 입가가 부들부들 떨리고 있는 세레나를 본 나는—.

"한 건 해결했네."

"해결은 무슨!"

내가 중얼거린 말을 들은 세레나가 발끈했다.

세레나는 이제부터 아르칸레티아의 교회로 연행된 후, 지금까지 저지른 악행을 참회하며 그에 걸맞은 벌을 받게 된다고 한다.

그와 동시에 그 악행에 걸맞은 세월동안 아쿠시즈 교단의 똘마니로 머슴처럼 부려질 거라고 했다.

세레나가 과거에 나 말고 다른 인간을 죽이지 않았기를 빌어주고 싶다.

대충 이야기가 정리되어 슬슬 아쿠아를 쫓아가자고 생각하고 있을 때였다.

"자, 카즈마 님. 그럼 이만 출발하도록 할까요."

나에게 그렇게 말한 사람은 바로—.

"다크니스, 좀 그쪽으로 붙어요. 당신은 몸 곳곳의 볼륨이 커서 공간을 많이 차지하잖아요. 좀 콤팩트해질 수 없나요?"

"나, 나도 좋아서 이렇게 성장한 건……. 그리고 메구밍이 지나치게 콤팩트한 게…… 아얏! 아앗, 메구밍! 머리카락을 잡아당기지는……!"

두 사람이 좁은 마차 안에서 날뛰자—.

"핫핫핫! 이야, 절벽가슴과 쭉쭉빵빵 둘 다 수요가 있지요. 그러니 싸우지 마십시오. 정 결판을 내고 싶다면, 제가 우열을 정해드릴 수도 있습니다. 그럴 생각이 있으시다면, 두 분 다 저에게 특정 부위를 보여주시죠."

아쿠시즈 교도에게 물든 말을 몰 수 있기에 마부를 자처한 제스터가 그렇게 말했다.

"어이, 아저씨. 내 동료들에게 성희롱을 하지 마. 그건 나만의 특권이라고. 확 달리는 마차에서 떨어뜨려버린다?"

"바보 같은 소리를 하면, 너희 둘 다 마부석에서 떨어뜨릴 거다. ……어이, 메구밍. 진짜로 이 남자를 데려가도 괜찮겠느냐? 굳이 이 남자만 저 말을 몰 수 있는 건 아니지 않느냐. 다른 아쿠시즈 교도에게 부탁하는 편이 좋지 않을까?"

다크니스는 마부석에 앉아있는 제스터를 불안한 표정으로 쳐다보았다.

"무슨 소리를 하는 겁니까. 이래 봬도 저는 아쿠시즈 교단에서 가장 강한 남자입니다. 여러분의 안전은 제가 보장해드리지요. 무사히 아쿠아 님의 곁으로 모셔다드리겠습니다."

가장 강하다는 말을 들은 메구밍이 인상을 찡그린 가운데, 고삐를 쥔 제스터는 환한 미소를 머금고 그렇게 말했다.

참고로 이 마차의 손님 칸은 2인용이다.

내가 손님 칸에 들어가겠다고 어리광을 부렸지만 거부당했고, 결국 좁은 마부석에서 제스터와 함께 앉게 됐다.

"아아, 젊은 남자의 온기가 느껴지는군요. 저한테 이건 상입니다! 아쿠아 님, 감사드립니다!"

"제발 부탁이니까 입 좀 다물어. 어이, 메구밍. 다크니스. 부탁인데, 나와 자리 좀 바꿔주지 않을래?"

"시, 싫어요. 성희롱 당할 것 같단 말이에요."

"마, 마찬가지다. 카즈마의 성희롱에는 익숙하지만, 저 남자에게 성희롱을 당하는 건 조금……."

두 사람은 내 부탁을 일언지하에 거절했다.

"자, 그럼 이만 출발하도록 할까요. ……신도 여러분, 뒷일을 부탁합니다!"

"예. 저희를 대신해 제스터 님이 아쿠아 님의 힘이 되기를 기도하겠습니다."

제스터의 말을 들은 여신도가 미소를 지으며 그렇게 말했다.

"잘 있어, 세레나. 빨리 아쿠시즈 교도에게 물드는 편이 너로서도 좋을 거야."

"시끄러워! 빨리 꺼지기나 해, 이 역병신아!"

세레나의 울음기 섞인 고함을 들으며 제스터가 모는 마차는 마왕성을 향해 출발했다!

막 간 잉여신 극장④

“아쿠아 님이 저희와 같은 마차편을 타고 계실 줄은 꿈에도 몰랐습니다……!”

마검을 든 사람과 그 일행들이 꽃게와 오거 무리를 해치웠다.

그리고 무슨 말을 하는 것 같았지만 나도 너무 갑작스러운 일이라 뭐가 어떻게 된 건지 알 수가 없었다.

“오랜만이야, 마검사. 이런 곳에서 마주칠 줄은—.”

“융융 양! 융융 양! 구해줘서 고마워, 융융 양! 이 언니가 답례 삼아 포옹해줄게!”

“세실리 씨는 평소와 다름없네요!”

나와 마검사가 재회의 인사를 나누고 있을 때 세실리가 융융을 끌어안았다.

“위기에 처하신 아쿠아 님을 이렇게 구해드리게 되다니, 이건 운명, 아니 기적—.”

“융융 양, 꽃게 먹자. 아쿠아 님 덕분에 게를 잔뜩 얻었어. 오늘 밤에는 다 같이 꽃게 파티를 열자.”

“조용히 하세요, 세실리 씨. 미츠루기 씨가 지금 진지한 이야기를……! ……파티……. 다 같이 꽃게 파티……. 다 같이…….”

다 같이, 다 같이 하고 융융이 연거푸 말하자 마검사는 약간 질린 것 같았다.

"이, 이런 데서 파티를 할 수는 없거든? 게다가 오거를 해치웠잖아. 오거는 동료 의식이 강해. 동료가 당한 걸 알면 이 근처를 조사하러 올 거야. 그리고 우리는 마왕을 토벌하러 떠난 아쿠아 님을 도우러 온 거잖아. 이대로 아쿠아 님과 함께, 한시라도 빨리 마왕성에……."

"그, 그래요! 꽃게 파티……를 할 때가 아닌 거군요……."

융융은 마검사의 말을 듣더니 침울한 표정을 짓고 고개를 푹 숙였다.

"꽃게 파티를 안 한다는 게 말이 돼?! 아쿠아 님께서 게를 먹고 싶어 하신단 말이야. 아무리 미남 오빠의 말이라도 절대 따를 수 없어."

"당신은……. 옛날에 아르칸레티아의 교회에서 마주쳤던 세실리 씨, 맞죠?"

세실리는 이 마검사와 아는 사이 같았다.

"어머나. 우리, 전에 만난 적 있어? ……맞다, 아르칸레티아의 교회에서 프리스트를 파티에 영입하고 싶다면서 나를 헌팅했던 그 마검사구나!"

"헌팅한 적 없어요! 그리고 제가 원한 건 어디까지나 아쿠시즈교의 프리스트지, 당신을 원한 적은 없다고요……!"

마검사는 그렇게 말한 뒤 퍼뜩 놀라 아쿠아를 향해 고개를 돌렸다.

"아쿠아 님, 허둥대느라 용건도 말씀드리지 못했군요. ……저희는 당신의 마왕 토벌을 돕기 위해 이렇게 쫓아왔습니다. 먼 옛날, 홍마족 제일의 점술사는 제 미래를 살펴보고 이렇게 말했습니다. 『당신이 곧 만나게 될 아쿠시즈교의 프리스트는 이윽고 이 세상의 운명을 좌우할지도 모르는 존재가 됩니다. 그러니 무슨 일이 있어도 당신이 그 사람을 지키세요』라고요……. 즉, 이건……!"

"아쿠아 님. 저, 저보다 어린 미남한테 프러포즈를 받았어요!"

"세실리 씨에게 한 말이 아닙니다! 아, 잠깐만, 아쿠아 님! 지금, 중요한 이야기를……."

마검사와 세실리가 바빠 보여서 나는 그 사이에 게나 먹기로 했다.

밤새도록 꽃게 파티를 한 후—.

"아쿠아 님, 아쿠아 님. 불초 세실리, 참회할 일이 있어요."

아르칸레티아로 향하는 마차 안에서 세실리가 진지한 표정으로 입을 열었다.

"세실리, 갑자기 왜 그래? 무슨 짓을 한 건지는 모르겠지만, 당신의 죄라면 웬만한 건 다 용서해줄게. 아니다, 나도 같이 사과하러 가줄까?"

"아쿠아 님, 정말이신가요? 실은 제가 별의별 사고를 다 저질렀……! ……아뇨. 그런 게 아니에요."

세실리는 분통을 터뜨리는 표정을 짓더니—.

"아쿠아 님. 이 세실리, 메구밍 양 일행이 저희와 합류할 수 있도록 지연 공작을 펼쳤지만 더는 무리인 것 같아요. 아쿠아 님의 관심을 끌려고 게임도 잔뜩 가지고 왔는데, 한 시간 후에는 아르칸레티아에 도착하고 말겠죠."

"왜 그런 공작을 펼친 건지 신경 쓰이지만, 세실리라면 나를 생각해서 그런 거지? 유령 소녀도 그렇고, 당신도 그렇고, 왜 다들 나를 말리려고 하는 걸까? ……좋아, 용서해줄게."

세실리는 내 말을 듣고 미소를 짓더니—.

"이 파티라면 마왕을 토벌할 수 있을지도 몰라요. 하지만 제 생각에는 역시……."

무슨 말을 하려다 도중에 멈췄다.

"더 말을 해봤자 괜한 소리에 불과할 것 같네요. 저레벨 프리스트인 저는 다른 분들의 발목만 잡을 거예요. 아르칸레티아에 도착하면, 꼭 아쿠시즈 교단에 들러주세요. 그곳에서 제스터 님과 다른 분들에게 이런 식으로 부탁을 해보시면 어떨까 싶네요……."

세실리는 나에게 귓속말로 그렇게 말하고—.

"그럼 불초 세실리, 여러분의 무사와 승리를 기원하겠어요! 이건 한사람 몫도 못하는 프리스트인 제가 드리는 작별 선물이에요. ……여신 아쿠아의 가호가 여러분과 함께하기를! 『블레싱』!"

우리에게 축복의 마법을 걸어주며 환한 미소를 지었다.

최종장 이 여로에 종지부를!

1

세레나와 헤어진 우리는 제스터가 모는 마차를 타고 좁은 길을 질주했다.

현재까지의 여정은 순조로웠다.

툭하면 문제를 일으키는 누구누구 씨가 없어서 순조롭기는 한데…….

"저기, 아저씨. 말을 몰아주는 건 고마운데, 아저씨의 호흡이 거칠어진 이유가 엄청 신경 쓰이거든?"

아까부터 옆에서 하악하악~ 거리고 있는 아저씨가 신경 쓰였다.

"신경 쓰지 마시길. 이건 단순한 생리현상입니다."

"어떻게 신경 안 쓰냐고! 너, 진짜 취향의 폭이 넓구나! ……어이, 잠깐만 있어봐. 저건 뭐야?"

이 아저씨 좀 어떻게 해야겠다고 진심으로 생각하던 나는, 마차 앞쪽에 있는 검은 그림자를 발견했다.

아직 꽤 떨어진 곳에 있는 그 그림자를 천리안 스킬로 쳐다보니—.

"……윽, 만티코어가 있잖아. 어이, 아저씨. 우회하자. 아까 샛길을 지나쳤잖아? 거기로 돌아가는 거야."

전방에 있는 것은 예전에 나에게 강렬한 트라우마를 심어줬던 만티코어였다.

꼬리에 달린 독침으로 상대의 엉덩이에 침을 놓으려 하는 강적이다.

내 천적이라 할 수 있는 상대가 한참 떨어진 곳에서 나를 지그시 쳐다보고 있었다.

도망치기엔 이미 늦은 건가……?

"아뇨. 이대로 곧장 나아가죠."

어떻게 저 녀석을 떨쳐낼지 고민하고 있을 때 제스터가 태연한 어조로 그렇게 말했다.

"제정신이야? 저 녀석, 엄청 강하다고. 아저씨가 얼마나 강한지는 모르지만……."

나는 불안 섞인 목소리로 그렇게 말했지만 제스터는 마차를 더욱 빠르게 몰면서 만티코어에게 접근했다.

"아쿠시즈 교도의 힘을 보여드리도록 하지요. 만티코어 따위는 그냥 노려보기만 해도 해결됩니다."

제스터는 엄청 자신만만했으나…….

"뭐……? 하지만 만티코어의 가장 위험한 데가 어디인지 모르는 거야? 저 녀석은 침 달린 꼬리로 찌르려 한다고. 나도 하마터면 어른의 계단을 오를 뻔 했단 말이야."

나는 경고를 했고 제스터는 어린애처럼 눈을 반짝였다.

"바라는 바입니다!"

"당신 지금 뭐라고 했어? 변태는 다크니스 한 명으로 족하거든?"

"기, 기다려라, 카즈마. 네가 그렇게 말하니 나도 마음이 영 복잡하다만……."

자기가 변태라는 걸 자각하고 있는 건지 다크니스는 복잡한 표정을 짓고 제스터를 쳐다보았다.

"괜찮아요, 카즈마. 이 사람, 인간성에는 문제가 많지만 아크 프리스트로서의 실력 하나는 확실해요. 제가 보장할게요."

"……정말이야? 네가 그렇게 말한다면 믿긴 하겠는데……."

이윽고 스킬을 쓰지 않고도 만티코어의 표정을 볼 수 있는 거리까지 다가가자 제스터와 만티코어의 시선이 한순간 교차했다.

"…………츄릅."

"?!"

시선이 마주친 순간에 제스터가 군침을 삼켰고 만티코어는 표정을 한껏 굳힌 뒤 날아올랐다.

"아앗! 도망쳤어!"

"뭐가 어떻게 된 거야?! 왜 만티코어가 도망치는 거냐고!"

제스터는 멀어져가는 만티코어를 안타까운 눈길로 응시하

더니—.

“아쿠시즈교에서는 악마나 언데드 이외의 상대라면 누구든 사랑해도 됩니다. 저는 아쿠시즈 교단 최고책임자이자 사랑의 전도사이죠. 설령 상대가 마수일지라도, 공평하게 사랑을 나눠줄 겁니다. ……하지만 요즘 들어서는 저와 시선을 마주하기만 해도 도망쳐 버리는군요…….”

“매번 도망가는 거냐! 너희는 대체 얼마나 미움 받고 있는 거냐고! 그것보다 이 아저씨는 뭐든 다 오케이네!”

마왕조차 아쿠시즈 교도를 피한다.

일전에 들었던 그 말을 나는 다시 실감했다.

내가 완전히 질려버렸을 때 뒤편에서 이 상황과 어울리지 않는 대화가 들렸다.

“다크니스, 저기 좀 보세요. 저쪽에서 꽃게가 구애 행동을 하고 있어요. 집게발 사이에 상대방을 꼭 끼우는 게 애정표현 중 하나래요.”

“그, 그랬구나. 그런데 메구밍은 왜 갑자기 그런 이야기를…….”

뒤를 돌아보니, 메구밍은 공허한 눈길로 창밖을 응시하고 있었다.

“어이, 그런 이야기로 얼버무릴 수 있을 것 같아?! 네가 이 아저씨를 보장한다고 했지?! 지금 바로 아르칸레티아에 가서 딴 녀석으로 바꿔와!”

“제가 보장한다고 한 건 아크 프리스트로서의 실력이에요. 인간성을 보장한 건 아니라고요! 바꿀 수만 있다면 저도 바꾸고 싶단 말이에요!”

“두 분이 그런 소리를 하시면 저도 생각이 있습니다. 젊은 남녀의 입을 제 입으로 틀어막아버리는 건 일도 아니니까요.”

제스터가 그런 협박을 하자 우리는 즉시 입을 다물었다.

그런 우리를 곁눈질한 제스터는 풀이 죽은 것처럼 고개를 푹 숙이고 중얼거렸다.

“저는 아쿠시즈 교도 중 한 명으로서 소망하고 있습니다. ……언젠가 평화로운 세상이 찾아온다면……. 종족과 남녀의 벽마저 사라지기를…….”

“뭔가 좋은 이야기 같지만, 네가 그딴 소리를 하니까 눈곱만큼도 찬동할 수가 없다고!”

아쿠시즈 교도는 왜 하나같이 이 모양인 거야!

두목 격인 그 녀석을 만나면 한 소리 해주겠어!!

2

아르칸레티아 마을을 떠나고 꽤 시간이 흘렀지만—.

“역시 아쿠아 님이십니다. 대단한 지원마법이었어요. 감사합니다.”

내 지원마법을 받은 마검사가 간단히 만티코어를 베어 넘긴 후 그렇게 말했다.

지원마법을 걸어주기는 했지만 이 사람이 지닌 마검 덕분이라고 생각하는데 말이야.

만티코어 같은 상위 몬스터도 쓰러뜨리다니 대단하네.

카즈마 씨였다면 오거 상대로도 잔재주를 써대면서 도망다니다 울며불며 나한테 도움을 청했겠지?

"별거 아냐. 다친 사람은 없어?"

확인 삼아 둘러봤지만 다친 이는 없었다.

매번 순식간에 결판이 나니 다칠 일도 없었다.

"예, 아쿠아 님. 당신의 가호 덕분에 이번에도 부상자는 발생하지 않았습니다. 마음 써주셔서 감사합니다."

즐거운 어조로 그렇게 말한 마검사가 상큼한 미소를 지었다.

미남이군요.

해가 중천에 뜰 때까지 방에서 데굴거린 바람에 머리가 흐트러졌고, 배배 꼬인 정신이 눈매에까지 드러나는 누구누구 씨와는 딴판이야.

"쿄야, 수고했어~. 아크 프리스트와 아크 위저드가 있으니 정말 편하네!"

"응. 덕분에 우리는 나설 일도 없어."

창잡이인 여자애와 도적인 여자애가 마검사를 칭찬했다.

마검사가 답례라는 듯이 두 여자애의 머리를 쓰다듬어주었고 두 사람은 볼을 붉혔다.

일전에 카즈마 씨는 다크니스의 머리카락을 아무 이유 없이 쓰다듬으며 빙긋 웃은 적이 있었다.

그 후 다크니스는 남의 머리카락을 헝클어뜨려놓고 왜 웃느냐며 벌컥 화를 냈고, 카즈마 씨는 예상했던 것과 반응이 다르다면서 풀이 죽었다.

여기에 쓰담쓰담 전문가가 있다고 카즈마 씨에게 가르쳐주고 싶다.

머리를 쓰다듬어주는 것만으로 여자애가 볼을 붉히게 만드는 건 미남만의 특수 스킬인 걸까요.

"이 멤버라면 마왕과 싸우게 되어도 무섭지 않을 것 같군요. 가죠, 아쿠아 님! 그리고 이 세상에 평화를 가져오는 겁니다!"

"아, 응."

시원시원한 미소를 지은 마검사에게 내가 대충 대답을 했을 때, 아무것도 없는 공간을 쳐다보며 중얼거리고 있던 융융이 나에게 다가왔다.

"아쿠아 님, 제 말 좀 들어보세요! 액셀 마을에 있는 위즈 씨한테서, 카즈마 씨가 저희를 쫓아 여행을 시작했다는 연락이 왔어요!"

"호오."

융융이 아까부터 계속 중얼거렸던 것이 머릿속 친구와 이야기를 나눈 게 아니라서 안심이 됐다.

그건 그렇고 카즈마는 여전하네.

내 걱정을 하지 않도록 쪽지도 남겨두고 왔는데 결국 나를 쫓아오다니. 카즈마는 못 말린다니깐.

연상 누님인 나에게 의지하고 싶은 심정은 이해하지만 슬슬 자립을 해줬으면 좋겠다.

"아쿠아 씨, 왠지 기뻐 보이네요."

"그렇지도 않아. 그런데 카즈마 혼자만 쫓아오는 거야?"

"아뇨. 다크니스 씨와 메구밍도 같이 오는 것 같아요. 제가 마을을 나설 때, 다른 모험가들도 걱정했거든요? 아쿠아 씨를 만나면 다들 설교를 해주겠다며 엄청 벼르지 뭐예요. 특히 메구밍은 불같이 화냈어요."

"……그랬구나."

메구밍이 화를 냈다는 게 신경 쓰였다.

가장 동료를 아끼는 애라서 화를 낸 거라고 생각하고 싶지만 다른 이유 때문일지도 모른다.

내가 들어갔다 나온 목욕물에 몸을 담그면 물의 여신의 가호를 받아서 나 같은 몸매가 될 수 있다며 메구밍을 놀렸을 때, 그 애는 현기증이 날 때까지 목욕물에 몸을 담그고 있었다.

어쩌면 그 일로 아직도 나를 원망하고 있는 걸까?

여행 도중에 발견한 이상한 모양의 돌을 준 다음, 엉엉 울면서 사과하면 용서해줄지도 몰라.

마주치는 몬스터는 점점 강해지고 여행 중이라 마을에 들렀을 때만 목욕을 할 수 있는 데다, 밤이면 밤마다 언데드들이 몰려드니 이제 슬슬 돌아가고 싶기도 했다.

실은 여행을 떠난 것 자체를 후회하고 있다.

세실리 앞에서 허세를 부리며 여기까지 왔지만 이제 그만 돌아가도 괜찮지 않을까?

"약해빠진 카즈마 씨가 나를 쫓아오다가 야생 개구리에게 먹히는 건 아닌지 걱정되네. 개복치 놀이가 취미 같아 보일 정도로 픽픽 죽어 나자빠지는 카즈마 씨가, 레벨 1이 됐으니 그 두 사람을 데리고 무사히 나를 쫓아올 수 있을 것 같지는 않아."

그러니까 일단 돌아가는 게—.

"괜찮아요! 카즈마 씨는 위즈 씨, 바닐 씨와 함께 던전에 레벨을 올리러 갔대요! 온갖 스킬을 익혀서 각성했다고 하네요! ……그런데 개복치 놀이가 뭔가요?"

…………….

"저기, 나는 그런 이야기 처음 들어. 카즈마가 각성했다는 게 무슨 소리야?! 온갖 스킬을 익혔다는 게 대체 무슨 소리인데?! 왠지 내 일거리를 빼앗겼을 것 같은 불길한 예감이 들거든?! 카즈마한테는 각성 같은 폼 나는 이벤트는 안 어울려! 영원토록 조무래기 몬스터에게 고전하고, 강적에게는 약아빠진 전략으로 이기는 게 카즈마답거든?! 저기, 내가 없는 사이에 그런 재미있는 일이 일어난 거야?!"

내가 융융의 어깨를 흔들며 그렇게 따지자 그녀는 머리를 흔들어대면서 대꾸했다.

"저, 저, 저한테! 그, 그, 그런 소리 해봤자 소용없어요! 아쿠아 씨, 흔들지 마세요! 저는 카즈마 씨가 수행을 떠나기 전에 아쿠아 씨를 쫓아왔기 때문에 자세한 건 몰라요! 마법을 이용한 원거리 통신에는 제한이 많아서 자세한 이야기는 못 들었다고요……! 액셀의 모험가들이 총출동해서 카즈마 씨를 단련시켰다는 둥, 스킬을 가르쳐줬다는 둥 같은 말을 듣긴 했는데……. 그것보다, 개복치 놀이라는 건……."

나는 융융의 어깨에서 손을 뗀 후 깊은 생각에 잠겼다.

그 조무래기 카즈마 씨가 각성을 해?

각성이란 소리를 눈을 반짝이며 늘어놓는 것을 보면 역시 이 애도 메구밍과 같은 종족이라는 걸 실감할 수 있었다.

내가 팔짱을 끼고 고민에 잠기자, 융융은 뭐가 그렇게 신경 쓰이는 건지 개복치…… 하고 쓸쓸히 중얼거렸다.

……내가 성실하게 마왕 퇴치의 여행을 떠난 사이, 마을에서 그렇게 재미있는 이벤트가 일어난 거야?

이걸 어떻게 해줄까? 나, 왠지 따돌림 당하고 있는 것 같아.

나는 한동안 고민한 후—.

마왕 퇴치를 포기하기로 했다.

"그냥 돌아갈까?"

"아쿠아 님, 무슨 소리를 하시는 겁니까! 지금이 기회라고 말씀하신 사람은 바로 아쿠아 님이지 않습니까! 마왕군이 왕도와 마을을 습격하느라, 마왕성의 수비가 허술해진 지금이 기회라면서요! 걱정하지 마십시오! 저를 믿으세요! 제가 반드시 마왕을 해치우겠습니다! 그것보다, 그렇게 그 남자가 걱정되는 겁니까?!"

마검사가 느닷없이 나에게 다가와 따지듯 말했다.

불쑥 다가오니까 좀 무섭거든?

흠칫한 나에게 다가온 마검사를 융융이 은근슬쩍 막아섰다.

"진정하세요, 미츠루기 씨. 마왕성에 가는 건 카즈마 씨 일행과 합류한 후에 가도 되지 않을까요? 저희 전력이 강화될 테고, 아쿠아 씨도 그 편이 안심될 테니까요."

역시 홍마족이네. 정말 똑똑해.

내가 융융의 뒤편에서 얼굴을 내밀고 좋은 생각이라는 듯이 고개를 끄덕이자 마검사는 쓸쓸한 표정을 지었다.

마검사는 그대로 뒤돌아서더니—.

"……길을 서두르죠. 아쿠아 님, 그 남자가 걱정되는 심정은 이해합니다만, 저희는 세계의 운명을 짊어지고 있습니다.

이번 여행의 목적을 떠올리시죠. 마왕성이 텅 빈 이 틈에 온 세상의 약자를 구하기 위해, 그리고 마왕과의 싸움에 마침표를 찍기 위해 아쿠아 님께서 분연히 일어서신 거잖아요? ……제가 곁에 있으니, 아무 걱정 마십시오…….”

마치 만화 주인공 같은 대사를 읊었다.

어쩌지. 쟤와 나 사이에 엄청난 온도차가 존재하는 것 같아.

나, 언제부터 온 세상의 약자들을 구하기 위해 나선 거지?

아쿠시즈 교도인 세실리에게는 그런 소리를 했지만 내 여행의 목적은 그런 게 아닌데…….

마검사의 들러리인 두 여자는 그 말을 듣고 복잡한 표정으로 나를 쳐다보았다.

마검사는 한때 유행했던 둔감형 주인공인 걸까.

저 두 사람의 머리를 자연스럽게 쓰다듬어준 걸 보면 저 마검사는 무의식적인 바람둥이일 거야.

그러고 보니 융융한테도 자기를 그냥 쿄야라고 불러도 돼, 같은 소리를 하며 자기 하렘에 영입하려고 했지.

하지만 융융은 저 마검사가 자기한테 말을 걸 때마다 흠칫하며 한사코 미츠루기 씨라고 부르는 걸 보면, 하렘 영입은 힘들 것 같네.

마검사는 뒤돌아 선 채—.

“무슨 일이 있더라도 제가 당신을 지키겠습니다. 아쿠아 님의 가장 믿음직한 갑옷이 되겠습니다. 당신을 막아서는 모든 적을 베어 넘기는, 최강의 검이 되겠습니다. 그러니 부디 그 남자보다 저를 의지해주시지 않겠습니까……?"

마치 주인공 같은 대사를 읊었다.

분위기에 꽤 취한 것 같은데 찬물을 끼얹을 생각은 없다.

하지만 한 가지는 정정해야겠다.

—가장 믿음직한 갑옷은 다크니스예요.

—그 후로 또 며칠이 지났다.

"아쿠아 씨, 기운이 없네요. 아르칸레티아 마을을 떠난 후로 계속……."

내가 마차 짐칸에 멍하니 앉아 있자 융융이 말을 걸었다.

참고로 이 마차는 마검사의 소유물이라고 한다.

역시 치트 보유자는 부자네요.

"기운이 없는 건 아냐. 여행 자체는 순조롭잖아. 예전에 카즈마 일행과 여행을 했을 때는 파란만장했다고 할까, 하루하루가 위기일발 그 자체였거든. 물론 그게 좋다는 건 아니지만, 그래도 뭐랄까……."

……재미없다.

그렇다. 영 재미가 없다.

다크니스가 몬스터 무리에 뛰어들어서 뭇매를 맞고, 카즈마가 울상을 지으며 구하러 간 후, 메구밍이 폭렬마법으로 몬스터를 쓸어버린다. 그리고 고귀한 내가 상처 입은 동료들을 회복마법으로 치유해주며 사태를 수습하는 것이 우리의 일상이다.

물론, 여행이 순조로우면 여러모로 편하다.

몬스터와 맞닥뜨리더라도 마검사가 순식간에 대부분 쓸어버리고 남은 적은 융융이 마법으로 해치웠다.

마검사의 동료인 저 두 사람도 자기들이 나설 기회가 없어서 심심해 보였다.

하지만 여행이 너무 순조로워서 재미없다는 말을 할 수는 없기에, 나는 입을 다물고 있었고 융융이 나에게 이렇게 말했다.

"아, 그런데 저번에 들렀던 아르칸레티아 마을에서 뭘 했나요? 세실리 씨의 말을 듣고 아쿠시즈 교단의 교회에 찾아갔잖아요."

"아, 그거? 실은 말이지—!"

—그 후에도 여행은 순조로웠다.

마왕성으로 향하는 도중, 우리는 마왕군을 상대로 전선기지 역할을 맡고 있는 조그마한 마을에 들른 후 여행을 계속했다.

그리고 지금은 마왕성 인근의 요새화가 된 마을의 술집에서 쉬고 있는데—.

"저기, 왜 이렇게 안 오는 거야? 내가 여행을 떠나고 며칠이

나 흘렀는데, 카즈마 일행은 왜 이렇게 안 나타나는 건데?"

"그, 그게……. 아마 저희 여행이 너무 순조로워서 그런 것 아닐까요……. 미츠루기 씨, 잠시만 카즈마 씨 일행을 기다려 보는 게……."

"……안 돼. 이러는 사이에도 마왕군의 침공 계획은 진행되고 있어. 아니, 액셀 마을이 습격을 당해도 이상하지 않을 시기야. 그렇게 되었다간 마을 주민들에게 큰 피해가 발생할 거야. 더는 희생이 발생하지 않도록, 한시라도 빨리 마왕을 쓰러뜨려야 해. ……게다가, 그 녀석은 아쿠아 님을 쫓는 걸 한 번은 포기했던 인간이야. 마왕은 나한테 맡긴다면서……!"

마검사는 그렇게 말하고 주먹을 말아 쥐었다.

온도차가 너무 심해서 어떤 반응을 보이면 좋을지 모르겠네.

이 사람은 영락없는 판타지 세계의 주인공이야.

그것보다 마검사는 카즈마가 그렇게 싫은 걸까.

속이 배배 꼬인 데다 일도 안하고 악명이 높을 뿐만 아니라 여자가 상대라도 전혀 봐주지 않아. 엄청 밝히면서 중요한 순간에 머뭇거리고, 약해빠졌으면서도 세게 나갈 때가 있는가 하면, 권력 앞에서 꼬리를 치더니 때로는 권력자와의 연줄을 마음껏 이용하기도…….

"……저기, 융융. 난처하게 됐어! 카즈마를 변호해줄 생각이었는데, 나쁜 구석만 잔뜩 생각나!"

"아, 아쿠아 씨, 그런 말 하면 안 돼요! 카즈마 씨가 들으면 울음을 터뜨릴 거라고요!"

마검사는 그 말을 듣고 쓴웃음을 흘린 후 자리에서 일어났다.

"아쿠아 님은 느긋하게 쉬시죠. 저는 마왕성으로 이어지는 길을 이 마을 사람들에게 물어보고 오겠습니다."

마검사는 그렇게 말한 뒤 술집을 나섰다.

같은 테이블에 앉아있던 다른 두 소녀도 마검사를 쫓아갔다.

…………

"……나쁜 구석이 많기는 하지만, 좋은 구석도 있거든? 동료들이 말도 안 되는 사고를 치거나 귀찮은 일을 벌여도, 투덜대며 어찌어찌 해결해준단 말이야. 이러쿵저러쿵해도 끝까지 믿음직한 사람은 바로 카즈마야."

"그, 그런 말은 좀 일찍 하세요."

융융이 내 옆에서 그렇게 말했다.

……재미없다.

여행이 너무 순조롭고 힘들지도 않으며 별다른 트러블도 발생하지 않았다.

들렀던 마을에서 별것 아닌 트러블이 발생하기도 했지만 전부 사소한 문제였다.

그렇다.

지금처럼 머리에 물이 든 컵을 올려놓고 연회용 장기자랑 스킬을 쓰려고 해도—.

"아, 아쿠아 씨, 다들 쳐다보거든요?! 여자애가 그런 바보 같은 자세를 취하면 안 돼요!"

……같은 말을 하며 태클을 날려주는 사람은 융융 한 사람뿐이다.

저번에 마검사 앞에서 했을 때는 빙긋빙긋 웃으면서 나를 쳐다보기만 하고 아무 말도 하지 않았다.

어디 사는 성질 급한 누군가라면 내가 사고를 칠 때마다 절묘한 태클을 날려줄 텐데 말이다.

술집의 주목을 모은 내가 조그마한 씨앗을 엄지로 튕겨서 머리 위에 놓인 컵에 넣었고—.

—내가 술집을 나서자 융융이 허둥지둥 쫓아왔다.

"아, 아쿠아 씨, 이 많은 구경값은 어떻게 하죠……?! 아니, 그것보다 이대로 나가도 괜찮나요? 분위기가 엄청 달아올랐는데, 그냥 빠져나와 버렸잖아요……."

"괜찮아. 그리고 돈은 됐어. 나는 거리의 예술가가 아니니까, 받을 수 없거든. 근처에 아쿠시즈 교회는 없을까? 거기에 이 돈을 기부……."

주위를 두리번거리던 나는 사람들이 몰려있는 곳을 발견했다.

아무래도 마을 사람들이 저수지 주위에 모여 있는 것 같았다.

"무슨 일일까요? 왠지 분위기가 좋지 않네요."

"가보자. 물에 관련된 일로 난처해하고 있는 거라면, 내가 나설 차례야."

나는 그렇게 말하며 걸음을 옮겼고 융융이 허둥지둥 말렸다.

"자, 잠깐만요! 저기, 우선 제가 가서 무슨 일인지 물어보고 올게요! 아, 아쿠아 씨는 툭하면 사건사고에 휘말리잖아요! 그러니까 이번에도……!"

융융은 걱정이 많네.

하지만 그런 융융의 모습을 보니 제발 부탁이니까 괜한 일 좀 벌이지 말라면서 나를 말리던 카즈마 씨의 모습이 생각났다.

허둥대는 융융을 보고 아주 약간 의욕이 났다.

"내가 누구인지 몰라? 융융, 걱정하지 마. 물에 관련된 트러블에는 아쿠시즈교! 그리고, 아쿠시즈교의 아크 프리스트인 나한테 걸리면 그 어떤 문제든 이미 해결된 거나 다름없어!"

"아쿠아 씨, 저는 그 말을 들으니 불길한 예감만 들거든요?! 아앗, 기다려주세요!"

의기양양하게 그 인파를 향해 걸어간 나는 그들에게 말을 걸었다.

"혹시 물과 관련된 일로 난처해하고 있는 거야? 나는 지나가던 아쿠시즈교 아크 프리스트야. 물하면 아쿠시즈교! 아쿠시즈교를, 잘 부탁드립니다!"

"아, 아쿠시즈교!"

"어, 어이, 아쿠시즈 교도와는 얽히지 않는 편이……."

주위 사람들은 내 말을 듣고 경외심에 찬 눈길로 나를 쳐다보았다.

하지만 그 시선 안에 두려움이 섞여있는 이유는 뭘까?

이윽고 모여 있던 사람들이 서로를 팔꿈치로 찌르더니 결국 한 남자가 내 앞에 섰다.

"저기, 실은 이 마을 저수지가 이런 꼬락서니가 되었어요. 아무래도 연못이 오염된 것 같은데, 거기에 브루틀 앨리게이터 새끼가 살기 시작했어요. 이 몬스터는 퇴치하면 강렬한 독소를 주위에 뿌리죠. 그래서 함부로 건드리지 못하고 있어요. 물을 정화한다면, 깨끗한 물을 싫어하는 이 녀석들이 여기를 떠날 거라고 생각합니다만……."

"그렇구나. 고생이 많네. 그럼 나는 이만……."

"아쿠아 씨, 어디 가는 거예요?! 아까는 그렇게 자신만만했잖아요!"

내가 서둘러 이 자리를 벗어나려 하자 융융이 허둥지둥 내 팔을 움켜잡았다.

"이거 놔, 융융! 나는 저 악어한테 나쁜 기억이 있어! 융융의 말이 맞아! 나도 갑자기 불길한 예감이……!"

"아, 알았어요. 알았으니까, 이렇게 허둥지둥 뛰다간 넘어질…… 앗!"

""""아앗!""""

융융이 갑자기 손을 놓았고 나는 그대로 저수지 안으로 굴러 떨어졌다.

"아쿠아 씨, 죄송해요! 금방 건져드릴…… 어, 아앗! 브루틀 앨리게이터가 갑자기 이쪽으로 몰려와요! 잠시만 기다려주세요! 긴급사태가 벌어졌으니까 우선 몬스터부터 퇴치할게요!"

"기, 기다려! 퇴치해주는 건 고맙지만, 물이 오염되면 안 돼! 진짜로 곤란하다고!"

"그, 그래! 다 같이 방법을 생각해보자! 누가 장대 같은 걸 가지고 와! 그걸로 저 누님을 건져내자고!"

모여든 사람들과 융융이 허둥대는 가운데, 물에 빠진 나를 향해 악어들이…….

"상담할 시간에 나를 건지든가 저것들을 퇴치해줬으면 좋겠거든?! 그것보다 왜 악어가 나한테 몰려드는 건데?!"

의외로 깊은 저수지에 가슴 언저리까지 잠긴 나를 향해 악어들이 곧장 몰려들었다.

주위를 둘러보니 내 주위의 오염된 물이 점점 정화되고 있었다.

이 악어들은 깨끗한 물을 싫어한다고 한다.

즉, 물을 정화시키는 나를 적으로 인식한 것이다……!

악어들이 몰려와서 나는 이 자리에 있지도 않은 못 미더운 백수의 이름을 외쳤다.

"우에에에에에에엥~! 가출한 걸 뉘우칠 테니까 구해줘, 카즈마 씨~!"

3

—순조로웠다.

지금까지 우리가 했던 고생이 뭐였나 싶을 정도로 순조로웠다.

몬스터가 질색하는 제스터가 우리와 함께 행동하고 있는 게 가장 큰 이유겠지만 트러블메이커가 없다는 점도 컸다.

도중에 조그마한 마을에 들를 때마다 제스터가 나와 함께 목욕을 하고 싶어 하거나, 한방에서 자려고 하거나, 경쾌한 성희롱 토크를 우리한테 한 것 말고는 큰 문제도 없이 여행은 계속됐다.

도중에 하피와 워울프, 그리고 라미아와 켄타우로스마저도…….

그런 몬스터들과 마주칠 때마다 정신줄을 놓고 미친 듯이 쫓아갔지만 결국 놓치고 마는 제스터의 기행에 겨우 익숙해지고, 아쿠시즈 교도야말로 이 세상에서 멸해야 할 진정한 적일지도 모른다는 생각이 들기 시작했을 즈음, 우리는 어느 조그마한 마을에 도착했다.

그곳은 마왕군을 상대로 전선기지 역할을 맡고 있는 건지, 요새 형태로 설계된 마을이었다.

주민들은 하나같이 무장을 했고 최전선다운 날카로운 분위기가—.

"……이 마을은 어떻게 된 걸까요? 왠지 분위기가 훈훈하네요. 긴장감이 눈곱만큼도 없어요."

날카로운 분위기가, 전혀 느껴지지 않았다.

"글쎄. 좀 더 경계심을 품고 있어야 할 것 같은데. 이렇게 조그마한 마을은 언제 습격을 당할지 모르잖아."

바로 그때였다.

누군가의 웃음소리와 함께, 우리의 의문에 답하는 듯한 대화가 들렸다.

"이야, 그 프리스트는 진짜 여신 같은 분이었어!"

"동감이야! 설마 자기 몸을 희생해 이 마을의 유일한 수원인 저수지를 정화해주셨잖아……! 요즘 보기 힘든, 정말 존경스러운 분이었어!"

…………….

"저기 죄송한데요. 방금 그 이야기를 자세하게 들려주지 않겠어요?"

나는 수다를 떨고 있는 2인조를 향해 태연한 척 말을 걸었다.

그 두 사람은 내가 느닷없이 말을 건 탓에 미심쩍은 눈길을 머금었지만 우리가 모험가 복장을 하고 있는 걸 보고 안심한 표정을 지었다.

"그게 말이야. 이 마을의 저수지가 오염되어서 브루틀 앨리게이터의 소굴이 되었어. 그런데 지나가던 엄청 예쁜 프리스트가 흉포한 악어들이 우글거리는 저수지에 자기 몸을 던져서 연못을 정화한 거야."

엄청 예쁜 프리스트가, 자기 몸을 던져서……?

"뭐야, 딴사람이잖아."

"그래요. 제가 아는 이들 중에는 그렇게 어엿한 프리스트가 없어요."

"음, 딴사람이구나. 틀림없다."

"저, 저희의 신께 무례를 범한다면, 신을 대신해 천벌을 내릴 겁니다."

우리가 즉시 부정하자 제스터는 식은땀을 흘리며 태클을 날렸다.

이 아저씨의 이런 표정은 흔히 볼 수 있는 게 아니었다.

그리고 또 다른 남자가 말했다.

"푸른색 머리카락을 지닌 아쿠시즈교 프리스트 님이셨지. 마치 굴러 떨어지듯 스스로 연못에 뛰어들더니, 비명을 지르면서 뭐라고 외치자 연못이 점점 정화……."

"아쿠아 맞네. 굴러 떨어진 거야."

"아쿠아 맞군요."

"음, 아쿠아구나. 틀림없다.

"당신들은 정말……. 아뇨, 아무 말도 안 하겠습니다."

미묘한 표정을 짓고 있는 제스터의 시선을 받으며 나는 연못에 굴러 떨어진 바보의 행방을 물었다.

"아, 그 프리스트 말이야? 그 사람이라면……. 위험하니까 가지 말라고 충고를 했는데도, 동료 몇 명과 함께 마왕성 쪽으로 가더라고. 몇 시간 전 일이야."

""""몇 시간 전……!""""

따라잡았다!

잠깐만, 몇 시간 전?

그럼 거의 코앞에 있는 거잖아!

마음속에서 샘솟는 기쁨을 주체 못한 나는 희희낙락……!

"……뭐, 뭐야. 두 사람 다 왜 히죽거리는 건데?"

"아뇨. 그냥 카즈마가 기뻐 보인다고 생각했을 뿐이에요. 요즘 들어 카즈마의 태클과 푸념이 영 시원찮았는데, 이제 평소대로 되돌아갈 거라는 생각이 들어서요."

"후후. 메구밍, 괜한 소리 하지 마라. 솔직함과는 담쌓은 이 남자가 그런 말을 들었다간 또 삐칠 거다."

이 자리에서 확 저 두 사람의 팬티를 벗긴 다음에 여기까지 데려다준 답례 삼아 제스터에게 줘버릴까, 하고 한순간

고민했지만 지금은 그런 짓을 할 때가 아니다.

"좋아, 메구밍은 액셀에 돌아가면 드레인 터치로 사흘 정도 폭렬마법 금지령을 발령하겠어. 다크니스는 갑옷을 손질하는 기름을 정기적으로 식용유로 바꿔치기 할 거야. 좋아, 그럼 서둘러 쫓아가자!"

"카카카, 카즈마?! 농담이죠?! 느닷없이 그런 악랄한 엄포를 놓을 건 없잖아요?! 예?!"

"그, 그그, 그래! 그런 웃기지도 않는 농담은……. 카즈마, 농담이지? 노, 농담이라고 말해다오! 이 갑옷에는 이름을 붙여줄 정도로 소중히 여기고 있단 말이다. 그, 그런 짓은 안 할 거지?"

4

제스터가 채찍질을 하자 마차는 폭주라고 해도 과언이 아닌 속도로 달렸다.

마왕성은 그 마을에서 한나절 거리에 있다고 한다.

그런 마왕성 인근에 있는 마을이 용케도 망하지 않았다 싶었지만 거기에도 다 이유가 있었다.

마왕의 수하 중에는 음식이 아니라 인간의 정기와 감정을 양식 삼는 자들이 있다.

저 마을 사람들은 그런 몬스터들을 위한 먹잇감이라고 한다.

목숨을 빼앗을 정도로 정기를 빨지 않기 때문에 마을 사람들은 그런 행위를 묵인하고 있는 것 같았다.

저 마을이 존재하는 목적은 마왕군과의 연결책을 만들기 위해서다.

의외지만 마왕군 중에도 대화를 바라는 자가 있다고 한다.

지구에서도 전쟁 중인 나라들이 여차할 때 대화를 할 수 있도록 외교 연결책을 만들어두는 경우가 있다.

피로 피를 씻는 처절한 전쟁을 치르면서도, 여차할 때에 대비해 그런 연결책을 만들어둔다.

마왕군은 단순한 무법자 집단이 아닌 걸까.

—그 후로 어느 정도의 시간이 흘렀을까.

마왕군에 대해 생각하고 있을 때 마차가 속도를 늦추기 시작했다.

"……왜 그래?"

"성가시게 됐군요. 말들이 겁을 먹었습니다. 아무래도 마왕성이 이 근방에 있는 것 같군요."

제스터의 말을 듣고 말을 쳐다보니 걸음을 멈춘 말 두 마리는 뭔가를 두려워하듯 앞으로 나아가지 않았다.

큰일인걸. 아쿠아 녀석들도 마차로 이동하고 있어서 걸어서는 따라잡을 수 없을 텐데…….

바로 그때, 메구밍이 내 소매를 잡아당긴 뒤 아무 말 없이 어느 방향을 손가락으로 가리켰다.

"……그 녀석들의 마차일까?"

그곳에는 미츠루기 일행이 방치해둔 건지, 혹은 다른 누군가의 것인지는 모르겠지만 말이 묶여 있지 않은 마차가 남겨져 있었다.

이것이 미츠루기 일행의 마차라면 융융의 텔레포트로 귀환한다는 전제하에 말을 풀어줬을 것이다.

"아마 이 근처에 있을 거야. 좋아. 우리도 걸어서 쫓아가자. 아쿠아라면 성 앞에서 겁을 먹고 우물쭈물하고 있을 거야. ……아저씨, 고마워. 뒷일은 우리끼리 알아서 할 테니까, 아저씨는 먼저 돌아가 봐."

"음? 저도 같이 가는 편이 좋지 않을까요? 그리고 마왕의 본거지에 쳐들어가는 그런 재미있는 일에 끼지 못한다면 아쉬울 것 같습니다만……."

뭐, 여러 가지 의미에서 믿음직하기는 했으나…….

"우리끼리라면 여차할 때 텔레포트로 도망칠 수 있거든. 텔레포트는 한번에 네 명만 전송할 수 있어. 우리가 세 명이니, 텔레포트 두 번으로 전원이 도망칠 수 있는 거지. 나와 융융이 동시에 쓰면 바로 이탈할 수 있는 거야. ……긴급한 상황에서 아저씨를 내팽개쳐도 된다면야……."

"아르칸레티아에 가서, 좋은 소식을 기다리고 있겠습니다! 그럼 저는 이만 돌아가도록 하죠!"

제스터는 태도를 싹 바꾸었고 우리는 쓴웃음을 지으며 마차에서 내렸다.

마차에 실어둔 짐을 짊어지고 전원이 내렸다는 것을 확인한 후 나는 제스터와 악수를 나눴다.

"그럼 아저씨. 성희롱 좀 적당히 해."

"그랬다간 저의 존재의의 중 8할 가량이 사라지겠지요. ……여러분, 잠시만 기다려주시길."

제스터는 마부석 위에서 우리를 향해 손을 뻗었다.

"『파워드』! 『프로텍션』! ……그리고, 『블레싱』!"

그리고 우리에게 지원마법을 걸어줬다.

근력 증가와 방어력 증가.

마지막 축복마법은 덤일 것이다.

"그럼 여러분의 무운을 빕니다. 부디 아쿠아 님의 가호가 여러분과 함께하기를……!"

상냥한 미소를 머금은 제스터가 처음으로 성직자다운 모습을 보인 뒤 말을 몰며 사라졌다.

우리는 가호를 내려줄 아쿠아를 데리러 가는 건데 말이야.

미워할 수 없는 아저씨라 생각하고 멀어져 가는 마차를 향해 손을 흔들고 있을 때였다.

"……아앗?! 짐을 확인해보니 속옷이 한 장 없어요!"

"뭐?! ……아앗, 나도 마찬가지다!"

아쿠아를 쫓아가기 위해 짐을 조금이라도 줄이려고 안을

살피던 메구밍과 다크니스가 그렇게 말했다.

……역시 아쿠시즈 교도야말로 이 세상에서 박멸해야 한다고 생각한다.

—지원마법 덕분인지 평소보다 몸이 가벼웠다.

커다란 짐을 짊어진 나는 경쾌한 발걸음으로 아쿠아 일행을 쫓다 몬스터와 마주쳤다.

이미 토벌된 몬스터와 말이다.

언덕길 곳곳에 몬스터의 사체가 굴러다니고 있었다.

아마 마검으로 날린 강렬한 일격을 맞아서 목이 날아간 녀석과 몸통이 두 동강이 난 그로테스크한 녀석이…….

"어이, 카즈마. 아직 사체가 부드럽다. 아쿠아 일행은 여기서 멀지 않은 곳에 있을 거다……!"

몬스터의 사체를 만져본 다크니스가 작은 목소리로 말했다.

메구밍은 그 말을 듣더니 조급해지는 마음을 억누르지 못하겠는지 걸음을 서둘렀고, 다크니스가 그 뒤를 따르는 가운데—.

"기다려~! 짐이, 짐이 너무 무거워……! 나를 두고 가지 마!"

"동료와 감동의 재회를 하러 가는 길인데, 왜 이 남자는 분위기는 망치는 걸까요? 그 대량의 짐을 두고 가면 되잖아요!"

"이걸 버릴 수는 없다고!"

"이익, 내놔라! 내가 짊어지겠다! 하아, 때로는 멋진 모습을 보이나 했더니, 왜 중요한 순간에 산통을 깨는 것이냐……. 읏, 무거워?! 이게 대체 뭐냐?! 몸을 단련할 때 쓰는 운동 기구라도 챙겨온 것이냐?! 여행을 할 때는 짐을 줄여라! 이 안에 대체 뭐가 든 것이냐!"

다크니스는 불평을 늘어놓으면서도 내 짐을 들어줬다.

한심한 소리지만 이것이 기본 스테이터스의 차이란 것이다.

그리고 언덕을 끝까지 올라간 나는 그 광경을 보고—.

"……휴, 흉흉하네……."

"……그, 그래……."

무심코 중얼거린 말에 다크니스가 작은 목소리로 맞장구쳤다.

언덕을 올라간 우리 앞에는 딱 봐도 보스가 살고 있을 법한 칠흑빛 거대한 성이 존재했고—.

"머, 멋져요……!"

지팡이를 양손으로 움켜쥔 메구밍이 작은 목소리로 그렇게 중얼거렸다.

홍마족의 감성에는 태클을 날리는 것조차—.

바로 그때, 나는 하던 생각을 멈췄다.

찾았다.

눈앞에 펼쳐진 마왕성 바로 옆에, 눈에 익은 푸른색 머리카락이 있었다.

"차, 찾았다~!"

""“윽?!”"

내가 갑자기 고함을 지르자 두 사람은 깜짝 놀라면서 내가 뭘 찾은 건지 눈치챘다.

두 사람을 내가 쳐다보고 있는 방향을 주시했지만 먼 곳을 볼 수 있는 스킬을 사용한 나와 달리, 아직 두 눈으로 직접 보지는 못한 것 같았다.

아쿠아는 미츠루기 일행에 이끌려 마왕성으로 다가가더니 우물쭈물하며 뭔가를 찾듯 손을 내밀었다.

"아쿠아~! 어이~! 어이~!! 인마, 아쿠아~! ……크으, 젠장!"

나는 작게 혀를 찬 후 짊어지고 있던 활을 꺼내들어 저격 스킬로……!

"머머, 멈춰라, 카즈마! 대체 뭘 하려는 것이냐?!"

"아쿠아 근처에 화살을 쏘려는 것 같은데, 자칫 잘못하면 아쿠아의 머리에 명중할 거예요! 카즈마가 운이 좋다는 건 알지만, 아쿠아가 얼마나 운이 나쁜 지도 잘 알고 있다고요!"

크, 듣고 보니 그렇게 될 것 같았다.

내가 우물쭈물하고 있을 때 아쿠아가 내민 손이 빛나더니—.

"윽! 저 녀석, 안으로 들어갔어!"

내가 지켜보는 가운데, 아쿠아는 결계에 조그마한 구멍을 내고 그 안으로 들어갔다.

그 뒤를 이어 미츠루기 일행도 주저 없이 안으로 들어갔다.
결계에 생긴 조그마한 구멍은 미츠루기 일행이 통과한 후에 바로 메워지고 말았다.
큰일 났다. 결계 안까지 목소리가 전해질지는 알 수 없지만 이대로 달려가면 늦지 않게 합류할 수 있을까?!
애초에 왜 마왕성에 보초가 한 명도 없는 거냐고! 보초가 한 명이라도 있다면 미츠루기가 그 녀석과 싸우는 사이에 우리가 다가갔을 텐데!
혹시 마왕군 녀석들은 그 정도로 이 결계를 신뢰하고 있는 건가?
내 옆에 있던 다크니스는 주저앉듯 무릎을 꿇었다.
"……여기까지 왔는데, 결국 늦은 건가……?"
지팡이를 움켜쥔 메구밍은 금방이라도 울음을 터뜨릴 표정으로 우물쭈물하며—.
"어어어, 어떻게 하죠? 이럴 줄 알았으면 될 대로 되라는 심정으로 카즈마에게 저격을 하라고 할 걸 그랬어요!"
……같은 무시무시한 소리를 하는 가운데, 갑자기 아쿠아 일행의 모습이 사라졌다.
아마 융융이 빛을 굴절시키는 마법을 썼으리라.
이래서는 저 녀석들을 말리는 게 더 어려워질 것이다—!
다크니스는 초조한 표정으로 나를 쳐다보고 물었다.
"카, 카즈마, 방법이 있는 거지? 이럴 때야말로 비장의 카드라고 할까, 평소처럼 배배 꼬인 발상으로…….”

어이, 누가 배배 꼬였다는 거야.

“카, 카즈마…….”

메구밍이 불안에 떨면서도 방법이 없는지 묻는 눈길로 나를 올려다보았다.

……뭐, 솔직하게 말하자면 방법이 없지는 않았다.

하지만 이것을 쓰기 위해서는 용기가 필요하다.

고생 끝에 겨우 손에 넣은 안정적인 생활을 전부 내팽개칠, 그런 각오가 말이다.

—내가 고민에 빠져 있을 때였다.

“하하…….”

메구밍이 울음을 터뜨릴 듯한 표정으로 쓴웃음을 흘렸다.

아니, 유심히 보니 눈가에 눈물이 맺힌 채 부들부들 떨고 있었다.

“어, 어이. 왜 그래? 포기하지 마. 마왕성에 침입하기는 했지만, 아직 아쿠아는 죽지 않았거든? 그러니 멋대로 슬퍼하지 말라고.”

나는 농담 투로 그렇게 말했지만 메구밍은 이를 악물었다.

“……아뇨. 만약 제가 상급 마법을 익혔다면, 만약 제가 보결 마법사가 아니라 어엿한 홍마족이었다면……. 아쿠아를 쫓아갈 수 있었을 거라고 생각했더니…….”

“……어, 어째서야? 결계를 파괴할 마법이라도 있는 거야?”

메구밍은 내 말을 듣고 풀이 죽은 채 고개를 저었다.

“홍마족이 즐겨 쓰는 라이트 오브 세이버 마법으로 저 결계를 파괴할 수 있을지도 몰라요. 그 마법은 술사의 역량에 따라 그 어떤 것이라도 벨 수 있으니까요. 만약 제가 그걸 쓸 수 있었다면, 만약 제가 다른 마법을 익혔다면……. 원래, 이런 결계 파괴는 마법사의 역할이에요. 그런데 제가 계속 고집을 부린 바람에, 한 번도 마법사다운 일을 못했네요.”

메구밍이 느닷없이 그런 말을 하자 다크니스가 아무 말 없이 그녀를 안아줬다.

“만약 이 자리에 융융이 있다면, 라이트 오브 세이버로 결계를 찢거나 교신마법으로 아쿠아 일행을 부를 수 있을 거예요. 다른 홍마족이 있다면, 성의 몬스터에게 들키지 않도록 마법을 써서, 아쿠아의 주의를 끌 수 있었을지도 몰라요…….”

메구밍이 안긴 채 혼잣말을 이어갔고 다크니스는 그녀의 머리에 손을 올려뒀다.

“그렇게 치면 내가 고집을 부리지 말고 공격 스킬을 익혔다면, 우리는 좀 더 편하게 모험을 할 수 있었을 것이다. 지금까지의 모험은 물론이고, 이번에도 더 빠르게 아쿠아 일행을 쫓아갈 수 있었겠지. 메구밍만이 아니라, 나도 항상 너희에게 폐만 끼쳤다.”

다크니스는 부끄러워하며 때늦은 후회를 했다.

나는 그런 두 사람을 응시하고―.

이 녀석들은 왜 갑자기 이런 멋진 드라마를 연출하기 시작한 걸까, 라고 생각하며 분위기에 녹아들지 못한 채 당황했다.

지금은 울음을 터뜨릴 상황도 이제까지의 인생을 후회할 상황도 아니다.

이대로 내버려두더라도 미츠루기가 마왕을 쓰러뜨릴지도 모르고, 조무래기 몬스터한테 박살이 나서 엉엉 울며 마왕성 밖으로 도망칠지도 모른다.

아까 메구밍은 자신을 보결 마도사라고 말했다.

홍마의 마을에서 온 편지의 보결 란에 자신의 이름이 적혀있었다는 것을 떠올렸으리라.

평소의 메구밍이라면 코웃음을 쳤겠지만, 항상 함께 여행을 했던 아쿠아가 곁에 없는 상황에서 여행을 하느라 스트레스가 쌓인 걸지도 모른다.

겉보기에는 강해보이지만 이 녀석은 아직 어린애인 것이다.

……뭐, 이런 어린애에게 이런저런 짓을 하려고 했던 내가 할 말은 아니지만 말이다.

―하아.

평소에 그렇게 폭렬폭렬하던 녀석이 이제 와서 후회하면 어떻게 하냐고.

다크니스도 다크니스야. 공격 스킬을 익혔으면? 흥!

전부 맞는 말이야!

네가 공격을 명중시키는 크루세이더라면 평소에 훨씬 편하게 모험을 했을 것이다.

가장 문제인 건 저 멍청이다.

평소에 그렇게 멋대로 행동한 걸로 모자라, 이런 곳까지 마중 오게 하더니, 우리가 보는 앞에서 마왕성에 들어가 버렸다.

이 녀석이나 저 녀석이나, 하나같이, 정말—!

"……어이, 메구밍. 성을 감싼 저 결계 말인데, 폭렬마법으로 박살낼 수는 없어?"

"……무리예요. 그 어떤 적에게도 대미지를 안기는 순수한 마력 폭발을 일으키는 폭렬마법이라면 저 결계에도 금이 가게 할 수는 있을 거예요. 하지만……."

메구밍은 내 말을 듣더니 울분 섞인 목소리로 화력이 부족해요, 라고 중얼거렸다.

……메구밍은 또 풀이 죽었고—.

"즉, 한 방으로는 무리라는 거지? 여러 발 날리면 가능한 거야?"

"무, 무리예요. ……저런 결계는 시간이 지날수록 서서히 복구되거든요. 마법을 날리고 바로 마력회복을 도모하더라도, 다시 폭렬마법을 쓸 수 있게 될 즈음에는 결계가 완전히 복구되었을 거예요. 게다가 마법을 날린 순간, 마왕의 부하가 여기로 몰려올……."

"즉, 연이어서 여러 발을 날리면 파괴할 수 있다는 거야?"

나는 메구밍의 말을 끊고 또 질문을 던졌다.

내가 말을 끊으면서 그렇게 말하자 메구밍은 당황한 표정을 지은 채 고개를 끄덕였다.

"아, 예. 하지만 저 정도 규모의 결계라면 한두 방으로는 무리일 거예요. 아쿠아조차도 결계에 조그마한 구멍을 내는 게 한계였으니까요. 어쩌면 몇 십 발을……."

"몇 십 발 정도면 되는 거지? 폭렬마법을 그 만큼 날리면, 저 골 때리는 결계를 파괴할 수 있는 거지?"

나는 또 메구밍의 말을 끊고 그렇게 말했다.

"가능해요. 저 결계를 파괴하기 위해선…… 서른 발…… 아니, 스무 발이면 될 거예요."

메구밍은 틀림없다는 듯 고개를 끄덕이며 말했다.

—그 말만 들으면 충분하다.

"어이, 카즈마. 왜 그러느냐. 비장의 카드인 폭렬마법을 쓰려는 것이냐? 그걸 쓰면 아쿠아 일행도 깜짝 놀라 결계 밖으로 튀어나올지도 모르지만, 분명 마왕군도 우리의 존재를 눈치챌 것이다. 비장의 카드를 그렇게 허비……."

나는 불안한 목소리로 말을 잇는 다크니스에게—.

"다크니스, 내 짐을 돌려줘."

그렇게 말하고 맡겨둔 짐을 건네받기 위해 손을 내밀었다.

다크니스는 미간을 찌푸리며 짊어지고 있던 배낭을 나에게 건넸다.

"그러고 보니 다크니스에겐 갑옷을 줬지만, 메구밍한테는 아무 선물도 안 줬네."

나는 배낭의 끈을 풀면서 메구밍을 향해 미소 지었다.

"예? 괘, 괜찮아요. 저는 고가의 선물을 못 받았다고 일일이 불안에 떠는, 그런 성가신 여자가 아니거든요."

"앗!"

메구밍이 웃으면서 그렇게 말하니 다크니스가 언성을 높였다.

"어이, 메구밍! 네 말은 마치 내가 성가신 여자라는 듯한……!"

"선물 받은 갑옷을 항상 소중히 안고 다니고, 틈만 나면 싱글벙글하며 닦는 다크니스를, 성가신 여자라고 말한 적 없어요. 오히려 귀엽다고 생각하거든요?"

다크니스가 얼굴을 붉혔고 메구밍은 히죽거리면서 그렇게 말했다.

"뭐, 너무 그러지 마. 실은 너한테 주려고 고가의 선물을 준비했거든. 괜찮다면 받아줘."

"……그, 그래요? 그, 그렇게 신경써줄 필요는 없는데……."

"말은 그러면서도 얼굴이 히죽거리고 있구나. 메구밍도 보기와는 다르게 성가신 여자…… 아앗! 내, 내 머리카락을 잡아당기는 것에 재미 들린 거냐?!"

두 사람이 이런 소리를 하면서 다투고 있을 때, 나는 배낭 안에 든 내용물을 바닥에 쏟았다.

"""……………………."""

내가 바닥에 쏟은 물건을 본 다크니스와 메구밍은 그대로 얼어붙었다.

"받아줘. 늦었지만, 이게 메구밍에게 주는 선물이야."

내가 태연한 말투로 그렇게 말하자, 메구밍은 땀을 삐질삐질 흘렸고 다크니스는 입을 뻐끔거리며 부들부들 떨었다.

"너, 너, 너너, 너……! 너는 이게 얼마나 가치 있는 물건인지 알고 있는 것이냐?! 아니, 이런 고품질의 물건을 대체 어떻게……!"

귀족 아가씨라서 거금에 익숙한 다크니스가 떨리는 목소

리로 나에게 물었다.

"이것의 가치라면 알고 있어. 덕분에 전 재산 중 대부분을 날려버렸거든. 옛날에 바닐에게 거금을 빼앗긴 적이 있지? 다크니스의 빚을 갚기 위해, 다양한 지적재산권을 팔았을 때 말이야. 바닐이 나한테서 얻은 그 돈을 써서, 위즈가 최고품질 마나타이트를 대량으로 매입한 적이 있어. 던전에서 나를 단련시켜준 것에 대한 보수 삼아, 여행을 떠나기 전에 그걸 전부 사들인 거야."

다크니스는 내 말을 듣더니 머리를 감싸 쥐고 휘청거렸다.

"카카카카, 카즈마……! 이이이, 이건…… 이건……!"

메구밍이 부들부들 떨면서 내가 바닥에 쏟은 물건을 손가락으로 가리켰다.

"방금 말했다시피 최고품질 마나타이트야. 너, 전에 융융한테서 마나타이트를 빼앗았을 때 이렇게 말했지? 마나타이트 결정은 마력을 사용할 때 소비되는 마력을 대신 부담해준다고. 일급품 수준의 순도로는 폭렬마법에 필요한 방대한 마력을 부담하지 못한다고도 했었잖아?"

메구밍은 내 말을 들은 뒤 그대로 소리 없는 절규를 토했다.

"그리고 이런 말도 했었지, 아마? 나처럼 상상을 초월하는 대마도사에게는 아무짝에도 쓸모없는 물건이라고. ……자, 너 같은 대마도사에게 어울리는, 최고품질 마나타이트야. 이걸 전부 너한테 줄게."

메구밍이 놓친 지팡이가 소리를 내며 지면에 떨어졌다.

그 옆에서는 다크니스가 이마에 손을 댄 채 하늘을 올려다보았다.

"제정신인가요? 저기, 이런 고품질 마나타이트 하나면 집 한 채를 살 수 있거든요? 이 정도 양이면 조그마한 성도 살 수 있을걸요?"

메구밍이 갈라진 목소리로 그렇게 말했지만—.

"괜찮아. 사양하지 말고 전부 써. 저 성의 결계를 향해 폭렬마법을 마구 쓰라고."

나는 딱 잘라서 그렇게 말했고 메구밍은 떨리는 손으로 지팡이를 주워들며 이렇게 말했다.

"정말 괜찮겠어요? 마나타이트는 1회용이거든요? 마법을 사용하면, 그대로 소멸하고 말거든요?"

메구밍이 불안 섞인 목소리로 거듭 묻자 나는 또 말했다.

"괜찮아. 해. 내가 한턱 쏠게. 이걸 전부 써버려도 돼."

메구밍은 내 말을 듣더니 이제부터 일어날 일을 상상한 건지 얼굴이 달아오르기 시작했다.

"저, 정말 괜찮은 거죠? 그리고 폭렬마법을 연발했다간 성에 있는 적들이 몰려나올 거예요."

"몰려나오면, 그 녀석들에게도 폭렬마법을 날려줘."

메구밍은 마른 침을 꿀꺽 삼켰다.

"세레나가 말했던, 마왕보다 성가시다는 최고참 전직 간부가 나설 걸요? 세계최강의 마법사란 녀석이……."

나는 한손을 쑥 내밀어서 그녀의 말을 막았다.

"상대가 누구든 간에, 네가 지금까지 갈고 닦아온 폭렬마법은 분명 리치보다도 강해. 이 장거리에서 성을 향해 폭렬마법을 날려. 마왕도, 부하도, 성 안에 넙죽넙죽 들어간 아쿠아도, 전부, 전부, 날려버려! 나도 요즘 이런저런 일을 겪으며 스트레스가 엄청 쌓였다고! 너를 보결 취급한 홍마족 녀석들에게 따끔한 맛을 보여주라고! 돈이라면 앞으로 또 벌면 돼. 마왕이니, 가출이니 같은 일이 한꺼번에 일어나서 심약한 나는 이제 한계라고! 그러니 나를 대신해서 네가 저 녀석들을 혼쭐내줘! 내 속이 뻥 뚫리게 해달라고!"

"어어어, 어이, 카즈마! 너 방금 날려버리면 안 되는 녀석도 언급했다! 그리고, 언뜻 보면 멋져 보이지만 실은 결국 남한테 의지하는 거나 다름없……."

옆에 있던 다크니스가 그런 소리를 해서 나는 얼굴을 약간 붉히고 고함을 질렀다.

"시, 시끄러워~! 재력도 어디까지나 힘이야! 너도 아가씨 권력을 써먹었잖아!"

"뭐! 잠깐만, 아가씨 권력이 대체 뭐냐?! 그리고 나는 부당하게 권력을 사용한 적이……! 거, 거의…… 없을……지도……."

말싸움에서 진 다크니스의 목소리가 점점 작아지는 가운데, 나는 두 사람 앞에서 선언했다.

"저 멍청이를 데리고 돌아가면, 이번에야말로 출세하자고! 나는 다양한 스킬을 쓸 수 있는 엘리트 모험가, 카즈마야! 마구간에서 개구리에게 쫓기던 시절을 생각하면, 그 정도는 아무것도 아니라고!"

내가 뻔뻔한 목소리로 그렇게 말하니 메구밍이 갑자기 고개를 들었다.

그리고, 메구밍의 붉은 눈동자에 맺혀있던 눈물 한 방울이 흘러내렸다.

"맡겨만 주세요. 당신에게 받은 이 선물을 제가 잘 쓸게요. ……오늘은 제 인생에서 절대 잊을 수 없는 날이 될 테죠. 저를 제쳐두고, 멋대로 세계최강을 자처한 마법사! 그딴 녀석은 지금 이 자리에서 해치워 버리겠어요!"

메구밍이 힘찬 목소리로 그렇게 선언하자 홍마족이란 이름의 유래인 붉은 눈동자가 찬란히 빛났다.

이래야 우리 파티의 화력 담당이지.

"잘 부탁해, 최강의 마법사."

메구밍은 더는 못 참겠다는 듯 내 품에 안겼다.

에필로그

마왕성이 내려다보이는 언덕 위에서 귀에 익은 마법 영창이 울려 퍼졌다.

"아아…… 아아아아……. 이 어마어마한 가치를 지닌 마나타이트를……."

"시끄러워, 가난뱅이 귀족! 너는 성에서 튀어나온 적에게 갑옷의 저주 때문에 돌격하지 않도록 뒤편에서 얌전히 있어!"

"가난뱅이 귀족?! 누, 누가 가난뱅이 귀족이라는 것이냐! 전에도 말했다만, 우리 가문은 부당한 착취를 삼가며 절제를 신조로 삼고 있을 뿐, 가난하지는 않다! 그리고 너는 나를 샀을 때도 그렇고, 이번에도 그렇고, 때때로 돈을 어이없는 형태로 낭비하는구나! 국가 간의 전쟁에서도 이렇게 많은 양의 마나타이트가 쓰이지는 않는단 말이다!"

"시끄러워~, 돈을 낭비하는 짓거리라는 건 내가 누구보다도 잘 알아! 하지만 빚을 대신 갚아주고 너를 되찾았을 때도, 이번에도! 거금을 쓰기는 했지만 추호도 후회한 적 없어!"

"……그, 그러냐. 으, 음. 알았다……."

다크니스는 내 말을 듣더니 멋쩍은 듯이 고개를 숙인 뒤 갑자기 얌전히 굴었다.

……어라. 이런 분위기가 되기를 바란 건 아닌데…….

"……제 일생일대의 활약이 펼쳐지려는 순간에 애정 행각을 벌이지 말아줄래요?"

부끄러워하면서 나를 힐끔힐끔 쳐다보는 다크니스와 함께 묘한 분위기를 자아내고 있을 때, 산더미처럼 쌓인 마나타이트에 허리 언저리까지 묻힌 채 행복한 표정을 짓고 있던 메구밍이 불만 섞인 말투로 그렇게 말했다.

—폭렬마법이라는 마법이 있다.

습득하기 어려울 뿐만 아니라, 마법 사용에 필요한 마력 소비도 어마어마하며, 그 위력은 오버킬 그 자체에, 쓸 수 있는 장소와 상황이 한정되기 때문에 가성비가 나쁜 마법으로 널리 알려져 있다.

하지만 정통으로 맞추기만 한다면 신이든 악마든 마왕이든, 온갖 존재에게 반드시 대미지를 입힐 수 있는, 인류에게 주어진 궁극이자 최강의 공격수단이다.

"당신이 준 마나타이트로 그 어떤 대마법사도 재현하지 못할 일을 선보이겠어요. 이제부터 당신에게 보여주는 건 제 인생의 집대성이에요. ……오늘 이 광경을 영원토록 잊지 말아주세요."

—엉터리 마도사로 불리며 놀림을 받아왔던 아크 위저드가 있다.

하루에 한 번만 마법을 쓸 수 있기에 어느 파티에서도 가입을 거절당했고, 같은 종족에게도 보결 취급을 당했던 아크 위저드가 있다.

“내 이름은 메구밍! 액셀 제일의 아크 위저드이자, 폭렬마법으로 경지에 이른 자! 세계최강의 마법사라도, 악마와 드래곤, 마왕조차도! 전부 한꺼번에 해치워주겠어요!!”

무시당하고, 놀림당하면서도 최강을 꿈꿔온 이 얼간이 마도사는…….

“『익스플로전』————!!!!!!!”

그 날, 진짜로 세계최강이란 호칭을 손에 넣었다.

■작가 후기

『이 멋진 세계에 축복을!』 16권을 구매해주셔서 감사합니다. 작가인 아카츠키 나츠메입니다.

이번 권은 아쿠아의 비중이 적은 시리어스(?) 편이었습니다.

인류를 구하기 위해서 홀로 여행을 떠난 여신을 쫓기 위해, 겁 많고 게으른 주인공이 소중한 동료를 위하여 진심으로 자기 자신을 단련하고, 용기를 쥐어짜내 마왕 토벌을 결의하는 이야기입니다(얼추 들어맞을 겁니다).

이번 권 마지막 부분의 메구밍은 소설 투고 사이트에 작품을 올리기 시작한 당초부터 꼭 쓰고 싶었던 장면입니다.

여전히 개구리가 천적인 얼간이 파티인데도, 항상 자신들보다 강한 상대와 싸워왔고 결국 마왕과 싸우게 됩니다.

그런 이야기를 읽고 싶어서 직접 쓰게 됐습니다만, 독자 여러분께서는 잠시만 더 기다려주시면 감사하겠습니다—.

그리고 이멋세 영화가 한 달 후에 공개됩니다.

이 얼간이 파티의 이야기가 극장판으로 나온다니 정말 출세한 것 같군요. 작가 또한 여러모로 감개무량합니다.

부디 거대 스크린을 통해 카즈마 일행의 활약을 즐겨주셨으면 합니다.

또한 가을 즈음에는 제가 원작을 담당한, 프로레슬러가 이세계에서 난리를 피우는 애완동물가게 만화『케모노미치』의 애니메이션이 방송될 예정입니다.

이쪽도 잘 부탁드립니다.

이번에도 여러분에게 이 책을 전해드릴 수 있었던 것은 일러스트를 담당해주신 미시마 쿠로네 선생님을 비롯해, 담당 편집자님과 디자이너님, 교정자님, 그리고 편집부 여러분과 관계자 여러분 덕분입니다.

그리고 항상 드리는 말씀입니다만 이것만큼은 절대 빼먹을 수 없는지라—.

이 시리즈에 관여해주신 분들, 그리고 무엇보다 이 책을 읽어주신 모든 독자 여러분에게 진심으로 감사드립니다!

아카츠키 나츠메

후기.